afgeschreven

D1136893

VERTREKTIJD

Truus Matti

Vertrektijd

Lemniscaat  Rotterdam

Omslagillustratie: Wouter van Reek
© 2007 Truus Matti
Nederlandse rechten Lemniscaat b.v. Rotterdam 2007
ISBN 978 90 5637 914 8

Druk: Drukkerij C. Haasbeek b.v., Alphen aan den Rijn
Bindwerk: Boekbinderij De Ruiter b.v., Zwolle.

*Dit boek is gedrukt op milieuvriendelijk, chloorvrij gebleekt en verouderingsbestendig
papier en geproduceerd in de Benelux waardoor onnodig milieuverontreinigend
transport is vermeden.*

Je kon de regen al ruiken. Met haar ogen dicht haalde het meisje diep adem.

De wind joeg rood zand over de kale vlakte en omhoog, de heuvel op. Eenmaal op de top wervelde hij om haar heen en trok plagerig aan haar haren. Eén pluk waaide telkens voor haar ogen. Ze probeerde hem achter haar oor te stoppen, maar hij was net niet lang genoeg om te blijven zitten.

De wolken stoven voorbij alsof ze elkaar achterna zaten. In hun haast om elkaar in te halen verdrongen ze elk stukje blauw. Ze pakten zich samen tot een reusachtige deken, grijs als lood.

Hoe donkerder het werd, hoe kouder de wind om haar heen blies. Het zand sloeg zo hard tegen haar blote enkels dat het prikte. Een druppel tikte op haar blote arm. Ze huiverde. Ze kon maar beter een schuilplaats gaan zoeken. Het zag ernaar uit dat er een flinke bui zou komen. Maar welke kant moest ze op?

Langzaam draaide ze in het rond en liet haar blik over de vlakte glijden. Overal waar ze keek was niets dan rode aarde, zo fijn als zand. Verder was er... niets. Nergens zag ze iets wat ze herkende. Ze had geen idee meer van welke kant ze was gekomen.

Haar ogen begonnen te tranen van het ingespannen turen. Nu ze erover nadacht, kon ze zich eigenlijk niet eens herinneren hoe ze hier was terechtgekomen.

Zenuwachtig draaiden haar voeten steeds hetzelfde rondje. Haar tas hing schuin over haar borst en sneed in haar schouder. Ze probeerde hem een stukje te verschuiven, maar hij was zo zwaar dat hij meteen terugleed. Wat zat er eigenlijk in? Net toen ze haar hoofd onder het hengsel door had gewurmd en erin wilde kijken, barstte de bui los. *Wegwezen!* Ze slingerde de tas over haar schouder en begon op goed geluk te rennen. Om haar heen sloegen druppels donkere putjes in de rode aarde. Tegen de wind in struikelde ze naar beneden. Algauw viel de regen zo zwaar dat ze nog maar een paar meter voor zich uit kon kijken. Haar korte broek plakte tegen haar bovenbenen. Ze dacht aan haar rode regenjas op de kapstok thuis. Telkens als de tas van haar schouder gleed, duwde ze hem ongeduldig omhoog.

Toen ze eindelijk aan de voet van de heuvel kwam, flitste er iets door de lucht. Bliksem! Ze dook in elkaar en wachtte op de knal. Maar die kwam niet. Voorzichtig deed ze haar ogen weer open. Hoog in de donkere lucht voor haar zweefde een felroze licht. Het ging een paar keer uit en aan, toen was het weer verdwenen. Bijna meteen sprong vlak ernaast een ander aan. Het leken wel letters. Ze bleef staan om het beter te kunnen zien. Een H... een O... een T... E... *Hotel!*

Telkens als de letters om beurten hadden geknipperd, sprongen ze alle vijf tegelijk aan. Dan was een paar tellen lang het dak te zien waarop ze stonden, en de omtrek van het witte gebouw eronder. Zonder het licht uit het oog te verliezen liep ze haastig verder. Opeens begon de O te flikkeren. Hij sidderde nog een keer en viel uit. Meteen erna gebeurde hetzelfde met de T. De andere letters knipperden onverstoorbaar door. Eerst een voor een – H..., even niets..., E..., L, en toen tegelijk, in giftig roze: H EL... Het duurde maar even, toen gingen ze alle vijf weer aan.

Aarzelend kwam ze dichterbij. Het gebouw was bijna helemaal donker. Alleen uit een klein raam beneden kwam een zwak licht. Ze probeerde erdoor naar binnen te gluren, maar het glas was aan de binnenkant beslagen. Ze zag niet meer dan een paar schaduwen.

Naast het raam was een smalle deur, die zo scheef hing dat hij niet goed sloot. Erboven schommelde een uithangbord heen en weer in de wind. Hier en daar was de verf afgebladderd. WA HTLOK AL, las ze met moeite. Een paar meter verderop, bij de hoek van het gebouw, stond een autobus. Hij verscheen en verdween steeds opnieuw in het roze geknipper van de neonletters.

De wind floot om het gebouw en duwde in haar rug. Ze stak een hand uit naar de deur om niet te vallen. De deur zwaaide open, en voor ze het wist struikelde ze mee naar binnen. Op de drempel bleef ze geschrokken staan.

Vochtige warmte sloeg haar tegemoet. Binnen hing de geur van natte hondenvacht. Aan twee kanten van de ruimte brandde een kleine kachel. Op vierkante tafels en op de vloer slingerden vuile glazen en borden, sommige nog heel maar de meeste kapot.

Toen pas zag ze aan de muur tegenover de deur een lange, lage bar. Een grijze vos hing met zijn voorpoten op de tapkraan. Zijn kop lag op zijn poten, een beetje scheef, zodat het leek of hij grijnsde.

Op een barkruk, met zijn rug naar haar toe, zat een dikke witte rat. Zijn kale staart hing slap langs de kruk naar beneden. Het uiteinde lag in een plasje op de vloer. Hij was voorover gezakt, zijn kop rustte op de bar. In de stilte tussen twee windvlagen dacht ze even dat ze hem zacht kon horen snurken.

Heel voorzichtig deed het meisje een stap naar voren.

'Is er hier iemand?' vroeg ze. Het kwam eruit als een soort gefluister.

Er gebeurde niets.

'Kan iemand me misschien helpen?' zei ze, wat harder nu. 'Ik ben geloof ik verdwaald.'

Opnieuw kwam er geen reactie. Ze keek om zich heen. Tegen wie praatte ze eigenlijk? Ze haalde diep adem om boven het geloei van de wind uit te komen.

'Ik zoek een plek om te schuilen!' Net op dat moment ging de wind even liggen. In de plotselinge stilte leek het of ze schreeuwde.

Het snurken hield op. Eén oog van de rat schoot open en staarde haar aan. Van schrik sloeg ze haar eigen ogen neer. Toen ze weer durfde te kijken, staarde het oog nog steeds.

Met een diepe zucht kwam de vos overeind. Hij legde zijn kop in zijn nek en gaapte uitvoerig, met een piepje aan het eind. Hij maakte zich los van de bar en slofte op zijn dooie gemak op haar af. Ze hield haar adem in. Hij was bijna even groot als zij!

Vlak voor haar bleef hij staan en stak een poot uit. Angstig sprong ze opzij, maar de vos reikte alleen voor haar langs naar de deur en gooide hem met een zwaai dicht. Zag ze dat goed? Was dat een knipoog? Verward staarde ze hem aan.

Zonder zijn ogen van haar af te laten, pakte hij een stoel bij het tafeltje vlak naast haar en schoof hem naar achteren. Hij maakte er een beweging bij die nog het meest op een kleine buiging leek.

'Ga zitten,' zei de vos. 'Maak het je gemakkelijk.' Zijn stem was zacht, en heel laag. Hij sprak moeizaam, alsof het zijn eerste woorden waren sinds een hele tijd.

'Je bent hier precies aan het goede adres.'

Alles vergeten. Dat leek me eigenlijk maar het beste.

Gewoon, nergens meer aan denken. Vergeten wat er was gebeurd met Wiek. Vergeten hoe stom ik was geweest. En als ik het toch allemaal vergat, hoefde ik het ook niet aan Mees te vertellen. Trouwens, als ik het haar wel had verteld, zou ze waarschijnlijk glazig door me heen kijken en langzaam knikken, met dezelfde vage blik als anders. Sinds het ongeluk was dat wat mijn moeder deed: over de verhuisdozen heen naar buiten staren. Als ik thuiskwam uit school zat ze nog op precies dezelfde plek als toen ik wegging. Alsof ze al die tijd niet eens had bewogen.

Dat vergeten begon dan ook aardig te lukken; ik werd er steeds beter in. Mees en ik gingen allebei onze eigen gang. We zwegen over alles wat belangrijk was, dus vooral over Wiek. Soms leek het alsof mijn vader gewoon weg was met de boot, net als anders. Alsof hij op een goed moment tussen twee reizen door zo weer thuis kon komen. Ik werd zo goed in vergeten dat ik het zelf al begon te geloven.

Maar de laatste weken is er iets aan het veranderen. Dat ging eerst zo langzaam dat ik het bijna niet merkte. Het begon met een lege verhuisdoos in de gang. Sindsdien komen er elke dag een paar nieuwe bij. Mees zit niet meer zo vaak op haar vaste plek als ik uit school kom, en als ik haar begroet kijkt ze me weer gewoon aan, in plaats van door me heen.

En nu, nog voor de laatste doos goed en wel leeg is, kondigt ze opeens aan dat ze op reis gaat. Naar de boot, om Wieks zaken te regelen.

'Moet dat nú?' vraag ik geschrokken.

'Ik heb het al veel te lang voor me uit geschoven,' zegt ze. 'Het wordt hoog tijd dat er hier het een en ander gaat veranderen.'

'Maar waarom net nu?' zeg ik nog een keer. 'Net nu de zomervakantie begint en iedereen weg is? Net nu ik bijna jarig ben?'

Net nu alles bijna een jaar geleden is, denk ik erachteraan. Net nu het vergeten zo goed begint te lukken.

'Ik ga zo snel mogelijk heen en weer,' zegt Mees. 'Ik ben terug voor je het weet. En zéker voor je verjaardag.'

Heel even sta ik op het punt om alles te vertellen. Maar op het laatste moment doe ik het toch niet. Niet nu het net weer wat beter met haar gaat. En trouwens, hoe moet ik dan uitleggen waarom ik al die tijd mijn mond heb gehouden?

De enige aan wie ik het zou durven vertellen, is Wiek. Tegen hem kon ik altijd alles zeggen. Mijn vader schrok niet zo snel ergens van. Maar hij is er niet meer. En als hij er wel nog was, wás er juist niets om te vertellen. Dat is het vreemde. Dan was er geen ongeluk gebeurd.

Jij maakt alles weer veel te ingewikkeld, zou Wiek zeggen als hij me kon horen. Jij kan een paard nog in de war brengen. En hij zou erbij lachen en zachtjes aan mijn oor trekken. Of mijn haar door de war maken. En dan zou hij op zijn rug op mijn bed gaan liggen om een liedje te neuriën.

Dat was trouwens het nadeel aan vergeten: dat ik steeds zo mijn best moest doen om niet aan Wiek te denken. Ik weet niet of ik dat nog lang had volgehouden.

Bovendien heb ik nou eenmaal een ijzersterk geheugen.

'Als ik jou was,' zei een stem zo zacht dat ze eerst niet zeker wist of ze hem echt hoorde, 'maakte ik dat ik hier wegkwam.'

Geschrokken keek het meisje om. Vlak achter haar stond de rat. Vanaf haar stoel moest ze naar hem opkijken.

'Er is hier geen plaats voor een meisje als jij.' De rat boog zich naar haar over. Van zo dichtbij was zijn vacht meer gelig dan wit, met smoezelige plekken.

Een meisje als zij? Ondanks de benauwde warmte zat ze opeens te rillen. Haar ogen zochten vergeefs naar de vos. Hij was een minuut geleden achter de bar door een klapdeur verdwenen.

'Of dacht je soms dat het hele feest opnieuw kon beginnen?' De rat keek haar strak aan. Zijn rode kraalogen gloeiden. Er hing een sterke lucht om hem heen. Die geur, die kende ze ergens van...

'Ik trap er niet meer in.' Zijn stem werd steeds scheller. 'Over kinderachtig gesproken. *Wie* is er hier nou eigenlijk kinderachtig? Pfh!' Dat laatste spuugde hij woedend uit. Zijn adem blies langs haar oor. Ze durfde zich niet te bewegen. 'Als jij niet heel gauw —'

'Als jij niet héél gauw teruggaat naar je eigen kruk,' zei de vos, die vanuit het niets achter de rat opdook en hem in zijn nekvel greep, 'gooi ik je d'r uit. Zo ga je niet om met mijn gasten.' De vos leunde zo ver naar voren dat zijn snuit die van de rat raakte. Ze waren precies even groot. De rat kneep zijn ogen tot spleetjes en legde zijn oren plat. Verder bewoog er geen haartje aan hem. De grijze staart van de vos zwiepte heen en weer. Even plotseling als hij de rat had beetgepakt, liet hij hem weer los.

11

De rat wreef met een poot over zijn nekvel. Zijn bek ging een paar keer open en dicht, maar hij zei niets. Langzaam deed hij een paar passen naar achteren. Toen keerde hij zich zwijgend om naar zijn kruk.

Het meisje liet haar adem ontsnappen. Nu pas voelde ze hoe haar hart tekeerging. Ondanks de schrik volgde ze de rat nieuwsgierig met haar ogen. Zijn staart sleepte zwaar over de grond achter hem aan.

'Het lijkt erop dat de rat je verwart met iemand anders.' De vos zette een kan water en een glas voor haar neer. 'Let maar niet op hem. Hij trekt wel bij.' Hij bleef staan kijken hoe ze het water gulzig naar binnen slokte.

De hand waarmee ze haar glas vasthield, zat onder de vlekken. Ze hield haar andere hand ernaast. Dezelfde vlekken. Ze krabde er nieuwsgierig aan met een vinger. Het leek wel verf. In het schemerlicht kon ze niet goed zien wat voor kleur het was. Donkergeel, of oranje misschien.

'We krijgen hier tegenwoordig niet vaak bezoek,' zei de vos. Hij raapte een paar glazen op van de vloer en stapelde ze in elkaar.

'Eerlijk gezegd is het voor ons allebei nogal een verrassing.' Dat laatste woord ontsnapte hem als een zucht. Met grote ogen keek hij om zich heen, alsof hij voor het eerst de rotzooi zag. Zigzaggend tussen de tafeltjes door verzamelde hij steeds meer glazen, tot de stapel gevaarlijk hoog werd. Bij de bar liet hij een bak vol water lopen en begon ze een voor een af te spoelen. Het geplons van het water en het gerinkel van de glazen maakten het meisje rustiger.

Vanuit haar ooghoeken keek ze naar de rat, die onbeweeglijk op zijn kruk naar de vos zat te staren. Haar blik gleed langs zijn kale staart naar beneden. Ongeveer halverwege zat een vreemde knik, alsof hij klem had gezeten. Ze kon niet ophouden ernaar te kijken. Iets aan die staart deed haar bijna ergens aan denken.

Onzeker keek ze om zich heen. De rat had zich gedragen alsof hij haar kende. Als ze hier al eerder was geweest, zou ze dat toch nog wel weten? Ze kneep haar ogen dicht en probeerde zich te concentreren.

Eigenlijk wist ze alleen nog hoe ze van die kale heuvel tot hier was gekomen. Verder kon ze zich helemaal niets herinneren.

Misschien moest ze gewoon harder nadenken. Als ze eenmaal een beginnetje had, dan zou de rest ook wel weer komen... Koppig richtte ze haar blik weer op de roze staart. Maar hoe ze ook haar best deed, het bleef leeg in haar hoofd. Ze had geen flauw idee hoe ze op die heuvel terecht was gekomen, of wat ze hier kwam doen. Ze staarde op haar handen. Ze wist zelfs niet hoe die verf op haar vingers was gekomen. Ik weet niet eens meer hoe ik heet, bedacht ze met een schok. Ze sloeg van schrik een hand voor haar mond.

'Denk dan toch na!' De rat was half overeind gekomen en schreeuwde tegen de vos. 'Jij laat je gewoon te grazen nemen!' Zijn stem sloeg over in een hoge piep, die haar een nieuwe rilling bezorgde.

De vos pakte een theedoek en begon de glazen af te drogen. Hij antwoordde zacht, maar op een dringende toon. Het meisje spitste haar oren. '... inderdaad een zekere gelijkenis...' was alles wat ze kon verstaan.

'Of spelen jullie soms onder één hoedje?' De rat greep de theedoek en gaf er een ruk aan. 'Dat moest er nog bij komen!' Hij sprong van zijn kruk en was in een paar stappen bij de deur. Een andere dan die waar zij door naar binnen was gekomen.

'Ik laat me hier door niemand meer beledigen!' Hij tilde zijn staart op en keek van het meisje naar de vos. 'Door niemand!' riep hij nog eens. Hij duwde de deur open en gooide hem met een harde klap achter zich dicht.

Alsof er niets was gebeurd, pakte de vos zijn theedoek en begon aan het volgende glas. Het meisje merkte opeens dat ze nog steeds een hand tegen haar mond hield. Langzaam liet ze hem zakken. Bij elke windvlaag sloeg de regen tegen het raam. De kacheltjes suisden eentonig. Plotseling was ze doodmoe.

Ze was te moe om na te denken, ze was zelfs te moe om nog bang te zijn. Ze kon haar ogen niet meer openhouden. Haar hoofd zakte vanzelf naar voren, haar wang raakte de tafel. De geluiden om haar heen kwamen van steeds verder weg. De warmte dekte haar toe als een dekentje.

'Verrassing!' Mees valt zonder kloppen mijn kamer binnen en staat glimlachend in de deuropening. Ik moet er nog steeds aan wennen dat het beter met haar gaat.

'Mám! Ik loop toch ook niet zomaar bij jou naar binnen?' Ik kijk zo streng mogelijk over de rand van mijn boek.

Mees rolt met haar ogen en wuift mijn woorden achteloos weg met haar ene hand. In haar andere hand heeft ze een witte emmer. Ze houdt hem triomfantelijk omhoog.

Ik leg mijn boek met de open bladzijden naar beneden op de leuning van de stoel en kom overeind.

'Wij gaan het hier eindelijk eens gezellig maken.' In de emmer zit oranje muurverf. 'Dat wordt hoog tijd.' Ze kijkt om zich heen alsof ze voor het eerst ziet dat het hier nog steeds een behoorlijk kale boel is. 'We wonen hier nu al…' Haar stem zakt weg. Ze zet de emmer neer.

Bijna een jaar, denk ik. Maar ik zeg niets.

'Wat vind je ervan?' Ze tikt met haar voet tegen de emmer. Voordat ik kan antwoorden, gaat ze verder.

'Hier in het souterrain kun je wel een vrolijke kleur gebruiken. We gaan eerst dat sombere paars overschilderen.' Ze legt haar handen plat tegen de muur, alsof ze hem met kleur en al weg wil duwen. 'Hoe we dat toen hebben kunnen uitkiezen…' Even trekt er een schaduw over haar gezicht. Ze schudt haar hoofd en wrijft in haar handen. Dan glimlacht ze alweer en draait zich om naar de deur. 'Nog voor je verjaardag is jouw kamer helemaal in orde. En als we hier klaar zijn, ga ik aan de woonkamer beginnen.' Onder het pra-

15

ten klimt ze de trap op. Ongelovig loop ik achter haar aan. Zou ze haar plannen hebben veranderd?

In de gang staan nog twee verfemmers, naast de voordeur. Naast haar koffer.

'Wat denk je – goed plan?'

Ik knik. Dat wel. 'Maar…' Vragend kijk ik naar haar koffer. Ze volgt mijn blik.

'Zodra ik terug ben, beginnen we.' Ze schuift de emmers in de hoek onder de kapstok.

Wat had ik dan gedacht? Dat ze zich plotseling had bedacht? Dat mijn dagenlange gezeur had geholpen en ze op het laatste moment had besloten thuis te blijven? Maar toch voel ik me teleurgesteld.

'Waarom kan ik niet mee?' Ik vraag het voor de zoveelste keer. 'Iedereen van mijn klas is op vakantie behalve ik.' Ik schiet mijn gympen aan zonder de veters los te halen en zoek tussen de jassen naar mijn tas.

Mees zucht. 'Omdat ik zo snel mogelijk je vaders zaken wil regelen. Het orkest heeft lang genoeg geduld met me gehad. Het is geweldig dat ze ons bijna een jaar lang hebben geholpen.' Weer die schaduw, een seconde maar.

'Dit keer is er gewoon geen tijd om samen leuke dingen te gaan doen. Over een paar weken begint mijn nieuwe baan.' Ze komt naast me staan en legt een hand op mijn hoofd.

'Ik wil hier niet alleen blijven.' Ik buk me en duw boos de verfemmers opzij. Misschien is mijn tas op de grond gevallen.

'Alleen?' Mees grinnikt. 'Laat Duif het maar niet horen.' Ze tilt de ene verfemmer op de andere. 'Anders vind je het altijd geweldig als je oma komt oppassen.'

'Oppassen? Ik word twaalf hoor!' Mijn tas ligt op een prop achter de emmer.

'Logéren dan.'

'En als je niet op tijd terug bent voor mijn verjaardag? Wat dan?'

16

Ik steek mijn hoofd door het hengsel en hang hem schuin over mijn borst.

'Dat gebeurt niet.' Ik hoor het ongeduld in haar stem kruipen. 'Ruim voor je verjaardag ben ik er weer. Dat beloof ik.'

'Dat zei Wiek ook altijd!!' Nog voor ik het eruit heb geflapt, heb ik al spijt. Mees wrijft met haar handen over haar ogen. Gespannen kijk ik naar haar gezicht. Waarom zegt ze nou niks?

Eindelijk doet ze haar ogen open, slaat een arm om me heen en trekt me tegen zich aan. Het begint te prikken achter mijn ogen, dus ik maak me snel los en doe de voordeur open. Buiten is het benauwd. De zon is achter de wolken verdwenen.

'Je gaat toch niet lang weg?' Ze wijst vragend op mijn tas. 'Duif kan elk moment hier zijn.'

Ik haal mijn schouders op. Ze weet best dat ik die tas altijd bij me heb. Je weet nooit of je onderweg iets vindt om mee te nemen.

'Ik ga haar vast een stukje tegemoet,' zeg ik, en loop het trapje af.

'Dat is lief van je.' Mees staat in de deuropening en kijkt langs me heen naar buiten. 'Doe je regenjas aan. Het blijft vast niet lang meer droog.' Ze houdt mijn rode lakjas op.

'Dát ding? Daar ga ik niet in lopen.' De laatste paar treden spring ik in één keer naar beneden.

'Ik dacht dat je 'm zo mooi vond!' Haar stem klinkt verbaasd, een beetje teleurgesteld.

'Vorig jaar ja. Toen hij me nog paste. Nu loop ik voor gek in dat ding.' Ik ga linksaf, in de richting van het busstation.

'De volgende keer gaan we samen!' hoor ik haar roepen, vlak voor ik de hoek omsla.

Een fel licht scheen brutaal in haar ogen. Niet doen, wilde het meisje zeggen, want dan word ik wakker en ik slaap net zo lekker. Ze draaide zich behaaglijk om. Het matras veerde zachtjes mee op haar beweging. Het licht kroop opnieuw naar haar ogen. Ze vouwde een arm over haar gezicht om het buiten te sluiten. 'Laat me nou,' mompelde ze slaperig. Er kriebelde iets heel zacht over haar wang, als een soort gesnuffel. Ze trok haar schouders op en giechelde. Ik wil niet dromen over kietelen, dacht ze, daar kan ik helemaal niet tegen. Het snuffelen stopte, maar begon bijna meteen weer. En wat was dat toch voor geur? Die zware lucht, die ze ergens van kende, de geur van —

'Benzine,' mompelde ze slaperig. Dat was het. En toen wist ze ook weer waar ze die lucht eerder had geroken. Met een gil schoot ze overeind. Het was de geur die om de rat had gehangen.

'Niet schrikken! Ik doe je niks,' fluisterde de rat dringend. Hij stond naast haar bed en had een zaklantaarn vast. 'Ik ben het, zie je wel?' Hij draaide de zaklamp om en richtte hem van onderaf op zijn eigen kop. Op de muur achter hem verscheen een reusachtige schaduw. 'Stil nou, voordat de vos je hoort!' piepte hij zenuwachtig. Zijn poten zwaaiden paniekerig door de lucht, zodat zijn schaduw wild heen en weer danste.

'Hij zei dat ik je niet mocht storen... maar ik móest even kijken of je het nou was of niet.' Hij keerde de zaklamp weer om. Het licht verblindde haar. 'Je bent het inderdaad niet. Dat is duidelijk.'

Ze sloeg haar handen voor haar ogen. De rat knipte de zaklamp uit.

'Kan er misschien een lamp aan?' vroeg ze. Het kwam er veel bibberiger uit dan ze wilde. Ze hoorde de rat naast haar bed rondscharrelen.

Voorzichtig keek ze tussen haar vingers door. Het roze neonlicht viel door de balkondeuren naar binnen en verlichtte zijn silhouet. Stijf rechtop wachtte ze tot er bij haar hoofd een lamp aanknipte. Een kleine lichtcirkel viel op het bed. De rat legde de zaklamp op het nachtkastje en keek haar oplettend aan.

'Ik kan je zien, terwijl ik dezelfde herrie hoor als altijd. Dus kan het niet anders dan dat jij het niet bent. Wie je ook bent.'

Herrie? Wat bedoelde hij? Er was geen enkel geluid... alleen heel in de verte klonk gedempt muziek, zo zacht dat ze niet eens kon horen wat voor instrument het was.

'Ik had beter moeten opletten.' De rat wreef met zijn voorpoten een paar keer snel langs zijn oren, van achter naar voren, en daarna langs zijn snuit, tot over zijn snorharen. Het was een grappig gebaar. Bijna... verlegen. 'De vos wist het meteen. Niet wie je bent, maar wel wie je niet bent. Hij heeft een betere neus voor dat soort dingen.'

'Wat ben ik niet? Wíe ben ik niet?' vroeg ze. En hoe ben ik in dit bed terechtgekomen, dacht ze erachteraan.

'Een echte hotelgast...' De rat zuchtte diep. Zijn rode ogen glommen in het zachte licht. 'We hebben je de mooiste kamer van het hotel gegeven.' Hij spreidde zijn poten en liet zich achterover op het bed vallen. Zachtjes deinde ze mee.

'Je was midden in het wachtlokaal in slaap gevallen,' ging hij verder, alsof hij haar gedachten had geraden. 'De vos vond het jammer om je wakker te maken. Hij heeft je de trap op gedragen.' Hij vouwde zijn poten achter zijn kop en keek haar ernstig aan.

'Het spijt me dat ik zo tegen je heb staan snauwen, beneden.' Hij krabbelde overeind en stak een poot naar haar uit. Voorzichtig legde ze haar hand erin. De kussentjes aan de binnenkant van zijn poot voelden ruw aan, en toch zacht. Meteen legde hij zijn andere poot eroverheen. Het was zo'n vriendelijk gebaar, dat ze vanzelf begon te glimlachen. Ze begreep opeens helemaal niet meer waarom ze bang voor hem was geweest.

'Een echte gast!' herhaalde hij. Hij kneep in haar hand, alsof hij het nog steeds niet kon geloven. Ze deed even haar ogen dicht en snoof de benzinegeur op. Het was eigenlijk helemaal geen nare lucht. Op de een of andere manier gaf hij haar een vertrouwd gevoel.

'Als ik niet ben wie je dacht,' vroeg ze opeens, 'wie ben ik dan wel?' Het was eruit voor ze er erg in had. Ze durfde hem niet goed aan te kijken.

'Waarom vraag je dat aan mij?' De rat liet haar hand los. Van verbazing ging zijn stem nog verder omhoog.

'Omdat ik het zelf niet weet.' Ze keek strak naar het bobbeltje dat haar voeten onder de deken maakten. 'Ik ben alles vergeten. Ik weet niet eens hoe ik heet.'

'Ik vergeet zo vaak van alles.' De rat haalde zorgeloos zijn schouders op en sprong van het bed. 'Waar ik iets heb neergelegd, of wat ik ook weer wilde zeggen. En hoe harder ik er dan over probeer na te denken, hoe minder ik erachter kom.' Hij tikte even op haar wang, een nagel kraste zachtjes. Hij knipte het bedlampje uit, en op hetzelfde moment de zaklantaarn aan. Een ronde lichtvlek scheen op de vloer.

'Ik zeg altijd: zoeken kun je het beste door niet te zoeken. Het is de kunst om er als het ware net naast te kijken.' De lichtbundel gleed voor hem uit. 'Dan zie je wat je ziet, en niet wat je denkt dat je moet zien. En voor je het weet, vind je precies wat je zoekt. Maar dan zonder dat je wéét dat je het zoekt.' De lichtbundel was bij de deur aangekomen. De drempel lichtte op.

'Slaap lekker.' De rat duwde de klink naar beneden. Voordat ze nog iets kon zeggen, glipte hij door een kier naar buiten. Met een zachte klik viel de deur achter hem in het slot. In de stilte kon ze heel zacht de muziek weer horen.

Het leek of het geluid van buiten kwam. Ze liet zich uit het bed glijden en liep naar de balkondeuren. Het handvat schoot met een klap open, en samen met de frisse lucht waaide de muziek naar binnen, nu duidelijk genoeg om te horen dat het een piano was. Het geluid leek van boven te komen.

Achter de balkondeuren zat alleen een ijzeren hekje. Zo ver als ze kon leunde ze erover naar buiten. Beneden was alles donker. Haar kamer was zo te zien op de eerste verdieping. Behalve het geknipper van de neonletters zag ze ook boven zich nergens licht.

Het wijsje dat ze hoorde was alsmaar hetzelfde. Onvermoeibaar ging het verder, de ene toon struikelend over de volgende. Een stukje omhoog, en dan terug. En weer verder omhoog... Steeds sneller, steeds harder. Alsof er iemand speelt die boos is, dacht ze.

Opeens stond ze te rillen. Haar korte broek was nog niet helemaal opgedroogd na de bui van vanmiddag. Ze hing hem over een stoel bij het voeteneinde. Ik geloof dat ik deze muziek al eens eerder heb gehoord, dacht ze, terwijl ze bibberig tussen de lakens schoof. Ze trok het laken op tot haar kin en draaide zich op haar zij. Of misschien verbeeldde ze zich dat alleen maar, omdat ze er zo'n tijd naar had staan luisteren.

De piano speelt heel zacht, maar toch word ik meteen wakker. Dat kan maar één ding betekenen. Wiek is thuis!

Ik laat me uit mijn bed rollen. Wazig van de slaap strompel ik door de gang. Door de kier van de kamerdeur zie ik de ruggen van Wiek en Mees. Ze passen maar net samen op de pianokruk. De deur piept als ik hem verder open duw. Wiek draait zich om en voor ik het weet zweef ik door de lucht. De stoppels van zijn baard prikken in mijn wangen. Ik moet twee keer hard niezen. Wiek lacht en zet me weer neer.

'Ik heb iets voor je meegebracht.' Hij duwt een pak in mijn handen. Terwijl ik nog slaperig aan het touw peuter dat eromheen zit, scheurt Wiek het papier al ongeduldig open. Er komt iets roods uit. Rood en glimmend.

'Helemaal uit Italië!' Hij houdt de jas op, ik zoek met mijn handen naar de mouwen. 'Hij staat je prachtig!' Wiek draait me een paar keer rond. Zijn donkere ogen glimmen van zo dichtbij. Zijn stoppelbaard er vlak onder. Die kan ik zomaar aanraken als ik wil. Het plastic van de jas ruikt zoetig. Het kraakt een beetje als ik mijn armen naar hem uitsteek. De uiteinden van de mouwen hangen slap naar beneden. Mijn handen blijven eronder verstopt.

'Hij is haar veel te groot!' Het lachen van Mees klinkt als zingen. 'Ze is negen geworden! Geen elf!'

Ze gaat op haar hurken voor me zitten en rolt een voor een mijn mouwen op. Haar nagels zijn net zo mooi rood en glimmend als mijn jas.

'Welnee. Gewoon een tikje aan de ruime kant. Daar is ze zo in gegroeid op haar leeftijd.' Het is net of het de donkere stem is die me optilt onder mijn oksels en me rondzwaait, krakend in het gloednieuwe plastic. Opnieuw zweef ik hoog door de lucht, rond, en rond, lichter en lichter wordt het in mijn hoofd. Telkens kom ik langs het lachende gezicht van Mees, ik probeer haar ogen te zien maar het gaat te snel, ik word duizelig, ik doe mijn eigen ogen dicht, ik moet zo hard lachen dat ik het kraken niet meer hoor. Ik voel me licht en gewichtig tegelijk.

Was dat de klik van de deur?

Het meisje had het gevoel dat er iemand in de kamer was geweest. Misschien was de rat teruggekomen. Ze hield haar adem in en luisterde... maar het bleef stil. Voorzichtig deed ze haar ogen open. Zacht ochtendlicht viel door de balkondeuren naar binnen. Frisse lucht streek langs haar gezicht.

Ze ging overeind zitten en keek nieuwsgierig rond. Alles in de kamer was roze. Op de muren zat roze bloemenbehang. De stof van de stoelen en de gordijnen hadden hetzelfde patroon. Ze werd er duizelig van. Ze liet zich uit het bed glijden en liep over roze tapijt naar het raam. De zon deed zijn best om de ochtendnevel te verdrijven. Alleen de top van de heuvel lag nog verborgen in de mist.

Met haar ogen legde ze de weg af die ze gisteren had gelopen. De rode heuvel af, tot op de vlakte, het plotselinge noodweer, de dieren in het bedompte café dat geen café heette maar anders; hoe had de rat het ook weer genoemd?

Wachtlokaal...

Dat was precies het goede woord voor deze plek. We krijgen hier niet vaak bezoek, had de vos gezegd. Het was of de dieren ergens op zaten te wachten, maar de hoop al bijna hadden opgegeven. Alles zag er hier uit alsof er nooit iets gebeurde. Ze veegde met een vinger over de stoffige ruit en staarde erdoor naar buiten. Nog geen dag geleden had ze daar gelopen, in de stromende regen, en —

Hee!

Ze had iets bij zich gehad. Ze wist het zeker. Een tas! Hoe had ze dat kunnen vergeten? Een witte tas... ze herinnerde zich weer hoe hij onder het

24

rennen steeds tegen haar been klapte. Maar toen ze aankwam in het wachtlokaal had ze geen tas bij zich. Hij moest onderweg in het noodweer ongemerkt van haar schouder zijn gegleden. Ze kneep haar ogen samen en tuurde over de kale grond. Het kon bijna niet anders of hij lag nog waar ze hem was verloren. Misschien zou die tas haar helpen om zich iets te herinneren. Ze moest hem onmiddellijk gaan zoeken!

Terwijl ze haar korte broek van de stoel pakte, viel er iets op het tapijt. Ze raapte het op. Het was een sleutel, een gewone huissleutel. Hij hing aan een zilverkleurig koordje. Was die van haar? Er zat een soort hangertje aan het kettinkje, maar ze kon zo gauw niet zien wat het voorstelde. Haastig schoot ze haar broek aan en stopte de sleutel weer in haar zak. Ze stapte in haar sandalen zonder de gespen los te maken en liep naar de deur.

Op de gang was het schemerig. De wanden waren tot schouderhoogte met hout bekleed. Er hing een rij lampjes tegenaan, maar er waren er maar een paar die licht gaven. Het trappenhuis was recht tegenover haar kamerdeur.

De loper op de trap naar beneden zoog het geluid van haar voetstappen op. In de hal was gelukkig niemand te zien. Aan de overkant waren twee dubbele deuren. Door kleine gele ruitjes viel het zonlicht naar binnen.

Op haar tenen stak ze de houten vloer over. Hij zat vol met butsen en deuken en kraakte op sommige plekken. In het midden was een grote cirkel, opgevuld met allerlei kleine stukjes hout. Het leek wel een enorme puzzel. Het zonlicht viel er in schuine banen overheen en liet het stof zien dat er vlak boven danste. Nieuwsgierig hield ze haar pas even in, maar ze gunde zich geen tijd om te blijven staan.

De deur naar buiten ging geruisloos open. Buiten was het fris. Voorbij het uithangbord, bij de hoek van het gebouw, stond de autobus. Bij daglicht zag ze pas hoe slecht hij eraan toe was. Een van de banden was lek, waardoor hij een beetje scheef hing. Het portier was open gezakt. Hij zat zo dik onder het stof en het vuil dat ze onmogelijk kon zien wat voor kleur hij had. Bruin misschien, dacht ze, terwijl ze zich erlangs haastte, op weg naar de heuvel.

Nu ze moest klimmen, leek de heuvel veel hoger dan gisteren. Onder het lopen zochten haar ogen onophoudelijk in het rond. Een witte tas in het rode stof, dat moest toch opvallen? Halverwege bleef ze even staan om op adem te komen. De zon had de laatste nevel weggebrand. Het werd snel warmer. Pas nu voelde ze hoeveel honger ze had. Wanneer had ze eigenlijk voor het laatst iets gegeten? Koppig zette ze haar ene voet weer voor de andere. Tegen de tijd dat ze de top bereikte was ze buiten adem.

Teleurgesteld liet ze zich op een steen zakken. De tas bleef spoorloos. En toch wist ze zeker dat ze hem gisteren bij zich had. Gedachteloos peuterde ze aan de verf op haar vingers. Kleine schilfertjes vielen eraf. In het daglicht kon ze de kleur veel beter zien dan in het wachtlokaal. Het oranje lichtte fel op in de zon.

Waar kon haar tas zo gauw zijn gebleven? Ze zette haar ellebogen op haar knieën en liet haar hoofd in haar handen rusten. Zo kon ze altijd het beste nadenken.

Altijd? dacht ze verbaasd.

'Hoe kan ik je nou ontbijt op bed brengen als je helemaal niet in je bed ligt?' zei een lage stem vlak achter haar.

Ze schoot overeind en draaide zich om. De donkere ogen van de vos keken haar verwijtend aan. Hoe was die hier zo ongemerkt gekomen? Duizelig van het snelle opstaan deed ze een stap naar achteren en struikelde over de steen waar ze op had gezeten. Voordat ze haar evenwicht kon vinden lag ze op haar rug in het zand.

'Zie je? Dat bedoel ik nou.' Zijn spitse kop verscheen boven haar hoofd in de lucht. 'Dat komt allemaal omdat je niks gegeten hebt.' Hij hielp haar bezorgd overeind en klopte het stof van haar kleren. 'In de zon gaan lopen op een lege maag! En hoe moet je nou terug? Daar heb je natuurlijk niet aan gedacht.' Peinzend bekeek hij haar van top tot teen. Nog steeds een beetje wankel leunde ze op zijn voorpoot.

'Zo schieten we niet op.' De vos pakte haar armen, draaide zich om en tilde haar zonder veel omhaal op zijn rug. Voor ze wist wat er gebeurde begon hij met grote stappen de heuvel af te dalen. Hij bewoog zich soepel, alsof haar gewicht geen enkel verschil maakte. Ze opende haar mond om te protesteren, maar deed hem even later weer dicht. Als ze eerlijk was zat ze best lekker.

'Wat is er nou dringender dan een fatsoenlijk ontbijt?' mopperde de vos onder het lopen. Opeens hield hij geschrokken zijn pas in. 'Je wilt toch zeker niet alweer weg?' Hij liet haar bijna vallen. 'Net nu je er bent?'

'Ik zocht mijn tas.' Het meisje greep hem steviger beet. 'Die ben ik gisteren verloren. Door het noodweer.'

'Ooh.' Het klonk bijna opgelucht. 'Wat zat erin?'

'Dat weet ik niet...' Ze aarzelde. 'Maar ik hoopte dat ik iets zou vinden dat me kon helpen om te weten te komen wat ik... wat ik hier te zoeken heb. Want dat weet ik óók niet.' Ze voelde zich opeens een beetje sullig.

De vos antwoordde niet.

Ze keek over zijn schouder naar beneden. De witte voorgevel van het hotel lichtte op in de zon. Vanaf hier zag het eruit als een speelgoedhuisje dat iemand was vergeten op te ruimen. Geen wonder dat ze het gisteren in het halfdonker over het hoofd had gezien.

'In elk geval weet je dat je iets zoekt,' zei de vos eindelijk. 'Dat is een goed begin. Al weet je nog niet wat.' Het was geen vraag, maar meer iets dat hij vaststelde.

'Behalve je tas dan. Want daarvan weet je al dat je hem kwijt bent. Dan beginnen we daar,' vervolgde hij zakelijk.

Het meisje luisterde verbaasd. Zijn woorden deden haar denken aan die van de rat vannacht. Maar zoals de vos het zei, leek haar probleem eenvoudiger te worden in plaats van moeilijker. Opeens voelde ze zich veel rustiger. Ze legde haar hoofd tegen de grijze vacht en liet zich meedeinen. Het stugge haar prikte in haar wang.

'Hoe ziet die tas eruit?' vroeg de vos, toen ze aan de voet van de heuvel kwamen. Met haar oor tegen zijn vacht klonk zijn stem nog lager dan anders.

'Wit. Met een lang hengsel.' Ze liet haar handen even los en stak ze naar voren, om te laten zien hoe lang ongeveer. De vos opende een van de deuren, bukte zich een beetje en stapte de hal binnen.

'Mooi zo. Dat is dan duidelijk,' zei hij achteloos, op een toon alsof hij al precies wist waar hij moest zoeken.

Wiek stormt mijn kamer binnen met mijn nieuwe regenjas in zijn hand. Ik lig op mijn bed te lezen.

'Snel!' Hij trekt de ladder vanonder mijn bed tevoorschijn en zet hem tegen het dakraam. Hij klimt omhoog, duwt het raam open en staat al buiten.

'Kom je nog?' Hij steekt ongeduldig zijn hoofd naar binnen en zwaait met de jas.

Ik haal diep adem en klim voorzichtig de ladder op. Hoe hoger ik kom, hoe erger mijn benen beginnen te trillen. Als ik mijn hoofd door het luik steek, staat Wiek in de verte te kijken.

'Zie je hoe snel die regenbui dichterbij komt?' Hij wijst ernaar en wrijft vergenoegd in zijn handen. Voorzichtig loop ik over het stukje plat dak naar hem toe. Niet te dicht bij de rand, dan word ik duizelig. Ik heb hoogtevrees, maar met Wiek samen durf ik wel. En in het midden, bij de schoorsteen, is het minder eng.

Ik tuur in de richting die hij aanwijst. Recht boven ons schijnt de zon, maar in de verte komen donkere wolken snel dichterbij. Samen kijken we hoe een muur van regen onze kant op komt. Het heldere zonlicht laat de druppels oogverblindend oplichten. Als een zilveren gordijn waait de regenbui op ons af.

'Kermis in de hel!' roept Wiek.

'Wát?!' Ik moet schreeuwen om boven de wind uit te komen.

'Dat is als het regent en de zon schijnt tegelijk!' Hij steekt zijn armen in de lucht en grijnst. Ik voel de eerste druppels.

'We gaan je nieuwe jas inwijden!' roept hij tegen de wind in. Hij buigt plechtig en houdt hem voor me op. Ik steek mijn ene arm in de mouw. Ik kan het andere armsgat niet vinden.

De regen wint het steeds meer van de zon. Aan alle kanten om ons heen slaan de druppels op het dak.

Eindelijk vindt mijn arm de andere mouw. Ik draai me om. Harder en harder slaat de regen neer. Het komt met bakken uit de hemel. We zitten nu midden in de bui. De zon is nog maar een smalle streep aan de horizon.

Gillend rennen we achter elkaar aan rondjes om de schoorsteen. Het lichtblauwe T-shirt van Wiek is binnen een minuut donkerblauw geworden en zit tegen zijn lichaam geplakt. Op mijn blote voeten sop ik door de plassen. Het water voelt warm aan mijn benen. Ik strek mijn armen opzij. De mouwen van mijn jas zijn zo lang dat ik de uiteinden op en neer kan laten flapperen als rode vleugels.

Pas tegen de tijd dat de regen minder wordt, klimmen we bibberend door het luik naar binnen.

Als we allebei weer droge kleren aanhebben, haalt Wiek zijn trompet en gaat op de rand van mijn bed zitten. Ik moet me langs hem wringen om de natte handdoek op het voeteneinde te kunnen hangen. We noemen mijn slaapkamer het halve kamertje omdat het meer op een kast lijkt dan op een kamer. Mijn bed past er maar op één manier in, en dan kan er nog net een heel klein tafeltje naast. De ladder naar het dak gaat onder mijn bed.

'Ik moet een dag eerder weg dan de bedoeling was.' Wiek draait zijn hoofd opzij en kijkt naar me vanuit zijn ooghoeken. 'Vind je het erg?'

Ik haal mijn schouders op. Natuurlijk vind ik het erg. Maar het is niet de eerste keer, en ik heb geen zin om er weer ruzie over te gaan maken. Zeker niet als hij al weer zo snel weg moet.

'Ik zou zelf ook liever langer blijven. Maar het kan dit keer niet anders.' Hij wacht niet of er een antwoord komt. Hij zet de trompet aan zijn lippen en begint heel zacht te toeteren.

Ik hou van het blikkerige geluid. Hij kan keihard schetteren, maar ook fluisteren, zoals nu. De regen tikt nog heel zacht de maat op het dakraam. Ik ga vlak achter hem zitten, met één oor tegen zijn rug. Mijn andere oor hou ik dicht met mijn vinger, zodat ik de muziek door zijn rug heen hoor.

Hij speelt een toonladder. Die moeten elke dag, om het niet te verleren. Halverwege gaat hij over in een deuntje. Af en toe stopt hij even, en dan begint hij weer. Ik wil niet dat hij morgen al weggaat. 'Ik wil ook een instrument gaan spelen.' Verbaasd luister ik naar mijn eigen woorden. 'Dan kan ik met je mee. De wereld over reizen met jullie op de boot en overal muziek maken.'

'Mooi zo,' bast het door zijn rug. 'Weet je al welk instrument?'

'Piano,' zeg ik. Daar hoef ik niet over na te denken.

'Goede keus,' bromt de rug. Er begint een nieuw deuntje.

'Maar wie leert me dan spelen? Jij bent altijd weg.'

Het deuntje gaat weer over in een toonladder. Omhoog... omlaag... als hij bijna beneden is, stopt hij plotseling.

'Hee! Ik heb een geweldig idee!' Wiek zwaait met zijn trompet. 'Malakoff gaat binnenkort met pensioen. Dan kan die oude violier het je leren!'

Malakoff woont beneden ons. Hij is minstens zeventig en speelt nog steeds in Wieks orkest.

'Die speelt toch viool?' Ik krabbel overeind en ga naast hem op de rand van het bed zitten.

'Piano kan hij ook. Stukken beter dan ik... ik denk dat hij het graag doet. Heeft hij meteen bezoek.' Wiek kijkt me grijnzend aan en legt een arm om mijn schouder.

'Wat een geweldig idee van ons!' Hij zet de trompet weer aan zijn mond en blaast triomfantelijk. *Tatáá!* Het schettert zo hard tegen de wanden van het halve kamertje dat ik gauw mijn oren dicht moet houden.

In de hal van het hotel was het lekker koel. Bij een tafeltje met twee diepe stoelen liet de vos het meisje voorzichtig van zijn rug glijden.

'Eerst het ontbijt,' zei hij handenwrijvend, en schoof het tafeltje wat dichter naar de stoel waar ze in ging zitten. Hij verdween door een deur vlak naast haar. 'Wachtlokaal', stond er in glimmende krulletters boven. Dat moest de deur zijn waar de rat gisteren door was verdwenen. Sneller dan ze kon begrijpen was hij alweer terug en zette een dienblad op het tafeltje. Er stond een grote kom op waar damp afsloeg.

'Ik heb soep gemaakt,' zei hij. Bijna verlegen ging hij op het randje van de stoel tegenover haar zitten, zijn staart over de armleuning.

Een vreemde geur prikte in haar neus. Voorzichtig nam ze een hap. De soep was zo zout dat ze onmogelijk iets anders kon proeven.

'En?' De vos keek haar gespannen aan. Het puntje van zijn staart krulde langzaam op. Ze knikte met volle mond, en probeerde te glimlachen. Met moeite slikte ze de hap door.

'Waarom is er hier verder eigenlijk niemand?' vroeg ze, om de aandacht af te leiden. Ze schrok van haar eigen vraag. De woorden bleven boven hun hoofden in de lucht hangen. Ze haalde diep adem en nam nog een hap.

De vos fronste zijn voorhoofd. Hij keek peinzend van de soep naar haar en weer terug.

'Wat brood erbij misschien. Dom dat ik dat niet meteen heb bedacht.' Hij sprong op en verdween weer door de deur.

Opgelucht zette ze het kommetje terug op het dienblad en stond op. Ze slenterde naar de houten cirkel waar ze vanmorgen overheen was gelopen. Aan de rand ervan bleef ze staan. Het was een soort mozaïek van stukjes hout in allerlei soorten en maten. Ze wist niet dat er zoveel kleuren bruin bestonden. Van heel licht tot zo donkerbruin dat het zwart leek. In het midden was een grote onregelmatige vlek van bijna witte houtjes. Hoe ze ook keek, het bleef een vormeloze wolk waar ze geen wijs uit kon worden. Een enorme puzzel met alle stukjes door de war. Ze bukte zich en voelde eraan met haar hand. De stukjes zaten vast.

'Je moet het van de andere kant bekijken.' De rat stond bij de buitendeur. Hij ging aan de rand van de cirkel recht tegenover haar staan en wenkte. Nieuwsgierig liep ze naar hem toe. Hij wees naar het midden en deed zijn bek open om iets te zeggen, toen de vos terugkwam.

'Brood! Versgebakken!' Hij hield een mandje omhoog en liep naar het tafeltje. Hij hield iets wits onder zijn andere poot geklemd.

De rat schoot de hal door en pakte een stuk brood uit het mandje. Het verdween in één keer in zijn bek.

'Afblijven! Dat is voor onze gast!' riep de vos. De rat bukte zich en snuffelde aan het kommetje op tafel.

'Laat dat!' De vos maakte een gebaar alsof hij een vlieg wegjoeg. Razendsnel griste de rat een tweede stuk brood weg en voor de vos hem te pakken had, liep hij op een holletje terug naar het meisje.

'Omdat de vos graag de baas speelt in het hotel, denkt hij dat hij iedereen kan vertellen wat hij moet doen,' zei hij met volle mond. Hij knipoogde en hield haar het andere stuk brood voor. 'Pas maar op. Voor je het weet bemoeit-ie zich ook met jou.'

Ze pakte het brood aan en nam een hap. Het was zo hard dat ze er met moeite een randje af kon knabbelen.

'Als jij zelf zou doen wat je móet doen, hoefde ik me er niet mee te bemoeien,' zei de vos vinnig. 'Maar in plaats daarvan sta je liever naar die houten gans te staren.'

Een vogel, dacht het meisje, nu zie ik het ook. Vanaf deze kant viel elk stukje opeens op zijn plaats. Een grote witte vogel met een lange hals, die met wijd gespreide vleugels recht op haar af vloog.

'Volgens mij is het een zwaan,' zei ze. Ze voelde opeens een schok van herkenning. *Zwaan?* Verwonderd staarde ze naar de vloer. Wat was er met dat woord?

'Precies wat ik ook dacht!' De rat knikte opgetogen. 'Eet je dat trouwens niet op?' vroeg hij er in één adem achteraan, en pakte het stuk brood uit haar hand. Afwezig keek ze toe hoe hij het moeiteloos wegkauwde.

'En hier mag ik me zeker ook niet mee bemoeien,' zei de vos. Hij haalde het witte ding onder zijn arm vandaan en hield het omhoog.

'Hee!' De rat stoof verontwaardigd op hem af. 'Wat moet jij in mijn werkplaats? Daar heb je niets te zoeken! Dat zijn mijn spullen!'

'Jouw spullen?' De vos trok zijn wenkbrauwen hoog op. De rat graaide in de richting van het ding, maar de vos sprong in een van de stoelen en wist het net buiten zijn bereik te houden.

'Geef terug!' Boos sprong de rat op en neer. 'Dat heb ik zelf gevonden!'

'Gevonden hè?' De vos trok zijn wenkbrauwen hoog op. 'Ook over nagedacht wie het dan kan hebben verloren?' Hij knikte naar het meisje.

Nieuwsgierig kwam ze dichterbij. Toen ze het witte ding van dichtbij zag, begon haar hart te bonken. De rat zei nog iets, maar dat verstond ze niet. Ze slaakte een kreet en stak haar handen uit. Er was geen twijfel mogelijk. Haar eigen tas herkende ze uit duizenden.

Nog voor ik kan aanbellen zwaait de deur van Malakoff al open. Hoe doet hij dat toch altijd? Handenwrijvend loopt hij voor me uit naar binnen. Het is er benauwd. De kachel staat te loeien, terwijl het buiten al bijna lente is.

Zijn hele huis ligt vol muziekboeken. Hij heeft er speciale kasten voor gebouwd, maar ook daarbuiten slingeren ze overal. In de keuken, in de gang, zelfs in de wc ligt een stapel.

Malakoff leest muziekboeken zoals ik gewone boeken lees. Hij zegt dat hij de muziek kan horen als hij naar de noten kijkt. Volgens hem zitten er in muziek net zulke verhalen als in gewone boeken, verhalen die tevoorschijn komen als je de noten leest.

'De hoogste tijd voor *quatre mains!*' Zijn ogen glimmen alsof hij op het punt staat in lachen uit te barsten. Hij heeft een hoge stem die bijna altijd hees is en een beetje zingt. Zo'n stem verwacht je niet bij zo'n grote man. En toch past hij bij hem.

Ik schuif op de pianokruk. Malakoff komt op de keukenstoel naast me zitten en laat zijn vingers spartelen boven de toetsen. Zijn vingers zijn net zo geel als de toetsen van zijn piano.

De eerste keer was ik bang dat de toetsen zouden afgeven en mijn vingers net zo geel zouden worden als die van hem. Om de haverklap hield ik op met spelen om mijn vingers te controleren.

'Waarom stop je toch steeds? Doorspelen!' riep Malakoff, en wapperde geërgerd met zijn grote handen. Toen ik hem vertelde waar ik me zorgen om maakte, kreeg hij een van zijn lachbuien, die vroeg of laat altijd overgaan in een hoestbui waar geen einde aan komt. Dan is het net of hij geen lucht meer krijgt.

Nu weet ik allang dat de toetsen zijn vergeeld van ouderdom, en zijn vingers van de sigaretten die hij altijd vasthoudt. Soms steekt hij al een nieuwe op terwijl er in de asbak nog een ligt te branden. Of op de rand van de piano, die helemaal vol zit met kleine zwarte brandplekjes.

Malakoff speelt de moeilijke partij, en ik de makkelijke. Maar als we samen spelen, klinkt het als een geheel. Ik ga er een beetje van zweven. Mijn vingers vliegen moeiteloos over de toetsen, net of ik het geweldig kan.

Als we klaar zijn, moet ik diep zuchten. Zo is pianospelen geweldig. Boven in mijn eentje oefenen is veel minder leuk.

Malakoff kijkt me nadenkend aan.

'Nog post van Wiek gehad de laatste tijd?'

Ik schud mijn hoofd.

'Komt hij al gauw weer thuis?'

'Nog niet.' Mijn hoofd schudt nog een keer van nee.

'Duurt het je te lang?'

Ik haal mijn schouders op. Het duurt altijd lang. Malakoff knikt zwijgend.

'Soms is het net of hier in de stad de tijd langzamer gaat dan op de boot.' Hij kijkt me van opzij aan. 'Wachten duurt lang. Daar heeft Wiek geen idee van.'

We zijn allebei een tijdje stil.

'Weet je eigenlijk wel dat ik die naam voor hem heb bedacht?' vraagt hij dan plotseling. Verbaasd kijk ik hem aan. Dat wist ik niet.

'Ik heb wel meer orkestleden een bijnaam bezorgd in de loop van de tijd. Of ze wilden of niet.' Hij knipoogt. 'Maar bij Wiek paste hij zo goed dat niemand ooit nog zijn echte naam gebruikte.' Malakoff grinnikt zachtjes.

'Wiek komt van koperwiek, dat is een zangvogel. Met z'n trompet en trombone is Wiek een echte koperblazer. Ik kwam erop omdat-ie zo van vogels houdt.' Hij knikt tevreden, alsof hij dat net heeft bedacht in plaats van meer dan tien jaar geleden. 'Vooral van zangvogels natuurlijk.' Hij stoot me zachtjes aan met zijn elleboog.

'Die keer dat Mees meeging op tournee om te zingen, was ik degene die hen aan elkaar voorstelde. Ik zal nooit vergeten hoe Wiek keek toen hij haar naam hoorde.' Een nieuwe lach welt langzaam op in zijn borst. Ik hou mijn adem in, maar gelukkig zet hij deze keer niet door. Malakoff slaat opeens op mijn been.

'Weet je wat? Als we nou eens wat instuderen. Iets speciaals. En als Wiek thuiskomt, geven we een optreden!' Hij staat op en begint meteen te zoeken tussen een stapel bladmuziek.

'Misschien kunnen we dit proberen,' mompelt hij. Hij pakt een ander boek, bladert opnieuw. 'Of dit? Het is niet eenvoudig...'

Met in elke hand een boek komt hij terug.

'Nog een geluk dat de tijd hier zo langzaam gaat.' Hij steekt allebei zijn armen op en laat de boeken wapperen. 'Kunnen we in elk geval genoeg oefenen!'

'Muziekboeken? Wat moet ik daar nou mee?' zei het meisje verbaasd. Ze legde het stapeltje boeken op haar schoot en hield haar tas ondersteboven. Het enige dat er nog uit viel was een rol plakband.

'Ik kon toch niet weten dat die spullen van haar waren?' De rat liep opgewonden heen en weer en gebaarde naar de vos. 'Anders had ik ze heus wel teruggegeven.'

De vos stond met zijn armen over elkaar en zei niets terug.

'Niemand vertelt mij hier ook iets.' Mokkend ging de rat in de stoel tegenover het meisje zitten.

'Waar heb je hem precies gevonden?' vroeg ze dringend.

'Ergens onder aan de heuvel.' De rat wees met een vaag gebaar achter zich.

'Weet je zeker dat alles er nog in zat?' Ze leunde naar voren.

'Verder lag er niets. Ik heb echt goed om me heen gekeken.' De rat keek naar de vos, niet naar het meisje. 'Binnen heb ik alles uitgepakt om het papier te laten drogen.'

Ze telde de boeken in haar schoot. Het waren er negen. Ze waren nog vochtig, en het papier was gaan bobbelen. Ze bladerde er een paar door. Er kwam een muffe geur uit omhoog van oude sigarettenrook. Teleurgesteld sloeg ze ze dicht.

'Heb je er iets aan?' vroeg de vos zachtjes.

Ze haalde haar schouders op en schudde haar hoofd.

De rat boog zich naar voren.

'Als jij er toch niets mee doet, mag ik ze dan hebben?' Zijn ogen glinsterden. 'Ik ben dol op papier! Prachtig spul; je kunt er van alles —'

'Ben je nou helemaal gek geworden!' De vos ging voor de rat staan en boog zich over hem heen. 'Hoe durf je haar te, te...' Hij kwam niet uit zijn woorden. 'Schandalig!'

'Wat heb ik nou weer verkeerd gezegd?' De rat keek verwonderd naar hem op. 'Als zij er niets aan heeft, is het toch zonde om zulk mooi materiaal niet te gebruiken? Dát is pas schandalig!' Hij zakte achterover in zijn stoel. 'Trouwens, niemand die me bedankt omdat ik ze heb gevonden,' mompelde hij nog zachtjes.

Het meisje staarde naar het bovenste boek. Afwezig gleed haar wijsvinger over de dikke zwarte letters op de kaft. *B, a, c, h*... Als die boeken me toch niet helpen, mag de rat ze voor mijn part hebben, dacht ze. Ze stopte ze een voor een terug in de tas en gooide de rol plakband erachteraan. Niet huilen, dacht ze, ik wil niet huilen. Ze klemde de tas met twee handen stijf tegen zich aan.

'Hier. Daar. Heb je nou je zin?' zei de vos verwijtend. 'Onze eerste gast in tijden is amper binnen of jij weet haar wel aan het huilen te krijgen.'

'Zo heb ik het toch niet bedoeld! Ik... ik...' Onzeker keek de rat om zich heen. 'Als je denkt dat er nog meer moet liggen, kan ik je helpen zoeken. Weet je wat?' Hij veerde op. 'We kunnen met de bus! Ik rij je overal naartoe en dan zoeken we de hele omgeving af!' Hij legde even een poot op haar knie. 'Je hoeft maar iets te zeggen en we gaan.'

'Laat me niet lachen,' zei de vos smalend. 'Hoe dacht je die hoop oud roest aan de praat te krijgen?'

'Nou ja... misschien moet ik eerst een beetje pech verhelpen, hier en daar, maar —'

'Pech? Een beetje pech?' De vos zette een hoge piepstem op en deed hem spottend na. 'Het is een wonder dat hij nog niet door zijn assen is gezakt. Jij moet eerst eens je poten laten wapperen. In plaats van hier rond te hangen en elke keer als je de kans krijgt, onze gast af te schrikken.'

De rat sprong op uit zijn stoel.

'En jij dan? Heb jij wel eens om je heen gekeken in die tent van je? Over afschrikken gesproken! Wel links en rechts de baas lopen spelen, maar de boel een beetje schoonhouden, ho maar. Om nog maar te zwijgen over dat zogenaamde eten van jou.' Hij gebaarde woedend naar het dienblad. 'Geen wonder dat er hier nooit iemand komt. Iedereen reist met een grote boog om die brandlucht heen.'

Het meisje leunde achterover in haar stoel en veegde haar tranen weg. Ze wilde dat ze haar met rust lieten.

'Als het eten je niet bevalt, laat je het toch staan?' De stem van de vos trilde. 'Of doe het anders zelf, als je denkt dat je het beter kan.'

'Weet je wat me óók niet bevalt? Dat gecommandeer van je.' De stem van de rat werd steeds scheller. 'Niemand schiet hier iets op met jouw, jouw... bemoeiallerij!' Hij wipte van zijn ene been op zijn andere. 'Ik niet, en zij daar al helemáál niet.'

'Zij daar? Ik zit hier hoor. Jullie doen net of ik er niet ben,' zei het meisje kribbig. Hun geruzie begon haar behoorlijk op de zenuwen te werken.

'Hoor je nou?' De vos gebaarde triomfantelijk in haar richting. 'Zij daar weet zelf wel wat ze ervan vindt. En trouwens —'

'HOU OP met jullie geschreeuw! ZIJ DAAR kan heus wel voor zichzelf praten. En weten jullie soms niet dat het onbeleefd is om iemand ZIJ DAAR te noemen? Noem me liever gewoon Muis!'

De dieren keken haar met grote ogen aan.

Ze zoog verrast haar adem in. Het duurde even voor het tot haar doordrong wat ze had gezegd.

In de stilte kon iedereen haar maag horen rommelen. Ze schoten alledrie tegelijk in de lach.

'Mooie naam.' De rat floot bewonderend. 'Mooi, maar klein. Voor een meisje als jij.'

De vos knikte. Hij wreef tevreden zijn voorpoten over elkaar en grijnsde breed. 'We zullen je met rust laten, zodat je kan... wennen.' Hij klopte haar op de arm en verdween naar het wachtlokaal. 'Ik moet trouwens toch hoognodig aan de slag,' riep hij nog achterom.

'Ik heb ook werk te doen.' De rat liep op een holletje naar de buitendeur. In de deuropening bleef hij staan. Een golf zonlicht stroomde naar binnen.

'Ik zei het toch?' Hij grinnikte zachtjes. 'Ophouden met zoeken, dan komt het vanzelf.' Hij draaide zich om en liep naar buiten. Langzaam viel de deur achter hem dicht.

'Dat was een fantastische voorstelling!' Wiek klimt voor me uit de trap op. 'En dat na nog geen jaar! Ik zei toch dat die oude violier goed les kon geven?' Boven aan de eerste trap keert hij zich naar me om. 'Ik ben trots op je.'

'Denk je dat ik het net zo goed kan leren als jij?' Ongeduldig spring ik van de ene trede naar de volgende en weer terug. Wiek gaat me veel te langzaam.

'Dat weet ik wel zeker.' Halverwege de tweede trap blijft hij staan uithijgen.

'Al die trappen hier altijd… alleen daarom al wordt het hoog tijd dat we verhuizen!' Zuchtend zet hij zijn voet op de volgende trede. 'Dat geklim doet me denken aan het trappenloperslied. Als ik ooit nog boven kom, zal ik het voor je spelen.'

Na de tweede trap wring ik me langs hem heen en ren alvast de derde en vierde trap op om boven de deur open te doen. Als ik alle lampen in de kamer al aan heb gedaan, komt hij eindelijk binnen. Hij loopt in één keer door naar de piano en gaat erachter zitten.

'Het trappenloperslied! Zo heet het niet echt, maar zo noem ik het.' Zijn ene hand slaat de toetsen aan. 'De tonen worden steeds hoger, maar zo stiekem dat je het pas na een tijdje merkt. Je moet goed luisteren om het te horen.' Het klinkt een beetje als een toonladder. Op en neer, op en neer.

'Het valt alleen helemaal niet mee om het uit mijn hoofd te spelen. Al die kruizen en mollen…' Hij schudt zijn hoofd. 'Jammer dat de bladmuziek op de boot ligt. Weet je wat, de volgende keer neem ik die voor je mee. Dan speel ik het voor je zoals het echt hoort, samen met Malakoff.'

'Kunnen wíj het niet samen spelen?' Ik trek enthousiast aan zijn mouw. Dat lijkt me pas echt leuk. Wiek houdt zijn hoofd schuin en kijkt bedenkelijk. 'De pianopartij is voorlopig denk ik nog wel moeilijk. Dan moet je al wat langer spelen.'

'Stuur die muziek maar vast op,' zeg ik. 'Anders vergeet je het natuurlijk weer mee te nemen.' Misschien kan ik toch proberen het te leren.

Wiek knikt en springt overeind. 'En nu kunnen we er alvast op dansen.' Hij grijpt mijn handen en trekt me mee. 'Dan noemen we het de trappenloperswals!'

In zijn valse geneurie is geen melodie te ontdekken, maar dat geeft niet. Samen walsen we door de kamer. Mees is ondertussen ook naar boven gekomen en leunt glimlachend tegen de deurpost. Wiek laat me los en sleurt haar mee, tot hij over zijn eigen benen struikelt en languit in de blauwe stoel valt. Ik laat me boven op hem vallen.

'Het eerste dat ik wegdoe bij de verhuizing, is die oude rotstoel.' Mees gaat tegenover ons zitten en kijkt verlangend naar de stoel van Wiek en mij.

'Nee! Die mag niet weg!' Geschrokken ga ik overeind zitten.

'Dat ding móet weg.' Mees kijkt onverbiddelijk. 'Hij is oud en versleten. En verkleurd.'

'Wat maakt dat nou uit!' Ik leg mijn hand beschermend op de armleuningen. 'Ik wil dat-ie blijft! Ik wil 'm houden.'

Het fluweel is op de hoeken van de leuningen bijna helemaal weggesleten. En voor zover ik weet is hij eigenlijk altijd meer grijs geweest dan blauw. Alleen onder het kussen kun je nog zien dat hij vroeger de kleur had van korenbloemen. Maar ik kan nergens zo lekker zitten lezen als in die grote oude fauteuil, met mijn handen op de slijtplekken. Uren achter elkaar. Vroeger las Mees me er elke avond in voor. Of Wiek, als hij thuis was.

'Jij bent de enige die er ooit in zit. Dat bakbeest komt niet meer in de kamer. Hij staat alleen maar in de weg.' Ik hoor aan haar stem dat er niet aan te tornen valt. Smekend kijk ik naar Wiek.

'Als we een huis vinden met een grotere kamer voor jou, kun je hem misschien op je eigen kamer zetten.' Wiek kijkt me peinzend aan.

'Ja!' Ik draai me naar Mees. 'Dan heb jij er geen last meer van!'

'Ga jij haar nog een beetje zitten helpen óók!' Mees kijkt verwijtend naar Wiek. Hij haalt zijn schouders op en grijnst.

'Ik geef het op.' Ze steekt haar handen omhoog en geeft zich lachend over. 'Als ik hem in elk geval maar niet meer hoef te zien.'

Muis stak haar armen in de lucht en haalde opgelucht adem. Haar naam gleed om haar heen als haar winterjas van vorig jaar. Hij klonk vertrouwd, en tegelijk een beetje nieuw, omdat hij weg was geweest. 'Muis,' zei ze hardop. Het echode zachtjes door de lege hal. Ze moest erom lachen. Plotseling barstte ze van de honger.

Ze doopte het taaie brood in de soepkom en luisterde naar de geluiden die door de buitendeur naar binnen kwamen. Iets werd over de grond gesleept. Even later hoorde ze water ruisen. Was het gaan regenen?

Ze zette de lege soepkom neer en kwam overeind. Nieuwsgierig liep ze naar de buitendeur en duwde hem open.

'Muis!' De rat stond bij de bus en zwaaide met een tuinslang. Water stroomde langs de zijkanten van de bus naar beneden. 'Ik was helemaal vergeten hoe – hoe róód hij is!' Hij draaide de slang dicht en wenkte haar enthousiast.

Zonder de dikke laag stof was de bus onherkenbaar. Het heldere rood deed pijn aan haar ogen. Het water stond er in plassen omheen; hier en daar drupte hij nog na. Het zonlicht schitterde in de ramen.

'Dat ik hem zo lang verwaarloosd heb!' De rat gooide de slang neer en liep op een holletje naar de zijkant van het gebouw. Daar verdween hij door een deur. Omdat ze hem nog steeds hoorde praten, liep ze achter hem aan.

Binnen was het schemerdonker. Het rook er naar hout en olie. Ze stootte haar hoofd tegen een peertje dat aan het plafond bungelde.

'Al die tijd...' De rat hing het peertje stil, trok aan een kettinkje en het licht knipte aan. Nieuwsgierig keek Muis om zich heen. Tegenover de deur stond een grote werkbank. Op de vloer slingerden hamers, schroevendraaiers en tangen door elkaar.

'Het kwam er gewoon niet van.' De rat liep naar een oude leunstoel in de hoek achter de werkbank. De bekleding was zo verschoten dat je onmogelijk kon zien wat voor kleur hij was geweest. Er lag een deken in en een kussen met een sloop van bloemetjesstof. Zou de rat hier slapen?

'Hoe vaak ik me niet heb voorgenomen om te beginnen...' Naast de stoel stond een grote houten kist. De rat veegde wat gereedschap van de deksel en begon eraan te trekken. *Licht Buiten*, stond er in sierlijke zwarte letters op de muur waar de kist had gestaan. Er zat een schakelaar naast.

'Maar op de een of andere manier kwam er altijd weer iets tussen.' De kist bleef steken bij de drempel. Muis schoot te hulp en begon mee te duwen.

'Of eerlijk gezegd... goed beschouwd kwam er helemaal niets tussen.' Met een klap schoot de kist over de drempel. Naast elkaar duwden ze hem door het stof, tot vlak voor de bus.

'En vandaag gaat het gewoon vanzelf. Gek eigenlijk... net nu jij er bent.' De rat veegde met een lap over zijn nek en keek haar even van opzij aan. Zijn ogen glommen net zo helder rood als de bus.

'Voor je het weet, heb ik hem weer aan de praat.' Hij gaf een klap op de motorkap en bukte zich over de kist. 'Ha! Ik wist dat ik hem nog ergens moest hebben.' Hij greep een tang en zwaaide ermee door de lucht. Met één sprong was hij de bus in. Hij opende een luik in het gangpad en liet zich plat op zijn buik vallen.

Muis klauterde achter hem aan de drie treden op. Voorzichtig, om niet op zijn staart te stappen, wrong ze zich langs hem en liep door het gangpad naar achteren. Overal waar ze keek was het plastic van de stoelzittingen gerepareerd met stukjes stof, in allerlei kleuren. Er waren zelfs lapjes met net zulke bloemen als op de lakens boven.

46

'Zo roestig als wat, die bouten. Geen wonder, na al die tijd.' De rat vloekte zachtjes en sloeg met de tang op iets van metaal.

Muis liet zich op de achterbank vallen. De zitting was warm geworden in de zon. Het plastic van de bekleding rook zoetig. Ze keek door het raam naar buiten. Overal de kale vlakte. Zover ze kon kijken. En hoeveel verder daarachter?

'Is er hier eigenlijk nog iets anders dan deze bus?' vroeg ze, met haar neus tegen de ruit.

'Iets *anders*?' De rat kwam overeind en gooide met een klap het luik dicht. 'Wat is er nou mooier dan een bus?!' Hij wees verontwaardigd met de tang om zich heen.

Muis hield geschrokken haar mond.

'Ik heb het vermoeden dat de contactpunten zijn verroest,' ging hij onmiddellijk opgewekt verder, alsof hij alweer was vergeten wat ze had gezegd. 'En dat zou wel eens kunnen betekenen dat...' Voor ze het einde van zijn zin kon horen was hij de bus al uit, op weg naar zijn werkplaats.

Muis volgde hem met haar ogen. Ze tilde een voor een haar benen op. Haar blote huid plakte aan het plastic van de bank. Als deze bus het enige vervoermiddel was, zou het nog wel even duren voor ze hier weg kon. Afwezig peuterde ze met haar vinger aan het losse randje van een stukje bloemetjesstof. Voorlopig wist ze trouwens niet eens waar ze heen moest.

Door de achterruit zag ze de rat weer naar buiten komen met nog meer spullen die hij in de richting van de bus begon te slepen.

Ze ging dwars op de achterbank zitten, met haar rug tegen het zijraam en haar benen op de bank. Boven de achterruit zat een kaart tegen de wand van de bus.

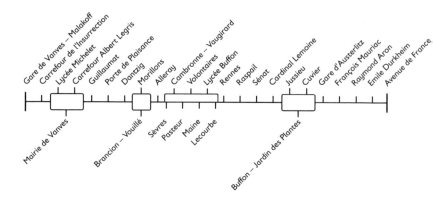

Ze draaide haar hoofd een kwartslag, zodat ze de namen van de haltes kon lezen. Lycée, Michelet, Porte de Plaisance... Het klonk als namen in een andere taal. Van sommige wist ze niet goed hoe je ze moest uitspreken. Mairie de Vanves, Cambronne, Vaugirard... Buiten hoorde ze de rat met een hamer op ijzer slaan. Hij riep er iets bij wat ze niet verstond. Muis glimlachte en liet zich achterover zakken. Het gehamer stopte. Nu begon hij te zagen.

Misschien was het helemaal niet zo erg om hier een tijdje te blijven. Muis trok haar benen op en nestelde zich behaaglijk op de achterbank. Ze staarde naar de kaart boven haar hoofd. Waarom wist ze niet goed, maar hier in de bus voelde ze zich bijna op haar gemak.

Eerst een klap, en dan zacht geschuif… Slaperig draai ik me op mijn rug. Hoe laat is het? Is het al licht? Wie maakt er lawaai? Mijn ogen willen niet open.

Het is alweer stil geworden.

Maar nu kan ik niet meer slapen. Het is net of er iemand in mijn kamer is geweest. Ik doe mijn ogen op een kier. Het is nog donker. Het dakraam staat open, met de ladder ertegenaan.

Plotseling klaarwakker rol ik mijn bed uit. Frisse lucht komt door het gat naar beneden. Rillerig pak ik mijn regenjas van het haakje aan de deur. Ik schiet hem aan en klim stilletjes de ladder op.

Buiten is het onbewolkt. Het is al lente, en niet meer zo erg koud. Wiek ligt op zijn rug op het platte stuk van het dak, naast de schoorsteen.

'Hee! Die jas past je eindelijk.' Hij kijkt even opzij als ik naast hem ga zitten.

'Het is een goede nacht voor sterren.' Met zijn handen achter zijn hoofd gevouwen staart hij omhoog. Ik ga op mijn rug liggen en doe hetzelfde. De zwarte hemel barst van de lichtpuntjes. Ik hoef mijn hand maar uit te steken om ze aan te raken. Wiek begint een van zijn wijsjes te neuriën. Zo'n wijsje dat altijd maar door gaat.

'Hoe moet dat nou straks na de verhuizing?' vraag ik opeens geschrokken. 'Het nieuwe huis is een benedenhuis. Dan kunnen we nooit meer naar de sterren kijken.' Daar had ik nog niet eerder aan gedacht.

'Het nieuwe huis heeft een tuintje. Groot genoeg voor een grasveldje. Gaan we op onze rug in het gras liggen.' Hij kijkt even opzij. 'Ligt veel lekkerder dan dat harde dak.'

'Vergeet je dan niet om me te komen halen?' Ik kruip dichter tegen hem aan.

Het is net of ik hem kan horen glimlachen.

'Dat duurt allemaal nog maanden!' Hij slaat een arm om mijn schouders. 'Eerst je verjaardag. En dan pas de verhuizing.'

Morgen moet Wiek weer weg. En dan duurt het nog zeven weken voor ik jarig ben. Mijn elfde verjaardag… de laatste in dit huis. Ik moet er diep van zuchten. De mooie nieuwe kamer in het souterrain van het nieuwe huis is honderd keer beter dan het halve kamertje. Maar nooit meer met Wiek op het dak liggen om de sterren te bekijken? Opeens weet ik het allemaal niet meer zo zeker.

'Weet je al wat je het liefste voor je verjaardag wilt?' vraagt hij.

Ik wil dat hij niet weg hoeft. Maar dat moet ik niet hardop zeggen. Daar gaat hij altijd van zuchten, en voor je het weet is de stemming verpest.

'Ik wil… dat alles blijft zoals het nu is,' zeg ik.

'Precies zo als nu?'

Ik knik.

Het blijft even stil.

'Dus… geen verhuizing?'

Ik haal mijn schouders op. Dan maar geen mooie grote kamer.

'En geen verjaardag.' Hij trekt plagerig aan mijn haar.

'Blijf ik gewoon zo oud als ik nu ben. Tien vind ik een mooi getal.'

'En hoe moet dat dan met je toekomst als muzikant? Je speelt zo goed.'

Daar moet ik even over denken. 'Juist handig,' zeg ik na een tijdje. 'Ik word vanzelf steeds beter voor mijn leeftijd. Nog maar tien jaar, zegt iedereen dan, en toch al zo prachtig spelen!'

Wiek lacht zachtjes. Ik schud zachtjes mee. Door de piano moet ik opeens aan iets anders denken.

'Hoe krijgen we die piano eigenlijk naar beneden met de verhuizing?' vraag ik bezorgd. Dat ding is zo groot en zwaar.

'Waar jij je al niet druk over kan maken!' Hij lacht opnieuw, harder nu. Ik schud harder mee. 'Dat komt allemaal goed.' Het geluid weerkaatst tegen de donkere lucht.

'Mij lijkt het maar saai,' zegt hij na een tijdje, 'als alles altijd hetzelfde zou blijven.'

'Helemaal niet.' Ik kijk naar de lichtpuntjes boven ons. 'De sterren zijn toch ook altijd hetzelfde? En die zijn nooit saai.'

'Dacht je dat de sterren niet veranderen?' Wiek schudt zijn hoofd. 'Die staan zo ver weg, dat het licht van zo'n ster er heel lang over heeft gedaan om tot hier te komen. Zó lang, dat een ster die jij nu ziet er misschien niet eens meer is.' Hij rekt zich uit. 'Dus wat je nu ziet, is eigenlijk al lang voorbij.'

Ik staar een tijdje naar zo'n puntje en probeer te begrijpen wat Wiek zegt, maar ik word er duizelig van, en ook een beetje treurig. Alleen heb ik helemaal geen zin om treurig te worden op de laatste avond dat Wiek thuis is.

Ik lig opeens te rillen.

'Jij moet je bed in!' Wiek komt overeind en helpt me de ladder af. Binnen slaat hij mijn dekbed open. Er valt een boek op de grond. Om op de rand van mijn bed te kunnen zitten, moet hij nog twee boeken opzij schuiven.

'Boeken,' zeg ik slaperig. 'Die veranderen ook niet. Als je een boek leest en er een tijd later weer in kijkt, is het nog steeds hetzelfde verhaal. En toch is het weer spannend.' Ik zeg zomaar wat, zo moe ben ik. Het gezicht van Wiek wordt steeds waziger.

'Misschien moet jij dan maar naar een spannend verhaal verhuizen, in plaats van naar een nieuw huis,' zegt hij grinnikend. Hij raapt een knuffel op van de vloer. Een grijze vos. Die had ik allang

51

onder mijn bed weggestopt, samen met de andere knuffels. Hij is zeker met de ladder onder het bed uit gekomen. Wiek houdt hem voor zijn gezicht en zet een zware stem op.

'Ooh! Mag ik dan mee? Ik wil óók wel in een verhaal wonen,' bast hij.

Ik duw zijn hand weg.

'Of voel je je soms te groot voor mij? Hè? Nu je elf wordt, zie je me niet meer staan zeker!'

Ik geef Wiek een stomp. Soms kan hij zo kinderachtig doen. Ik pak de knuffel af en gooi hem zo ver mogelijk onder mijn bed.

'Okee. Dan wil ik een verhaal voor mijn verjaardag.' Ik moet zo erg gapen dat ik niet verder kan praten. Ik draai me op mijn zij.

'Een verhaal?' Wiek knikt langzaam. 'Dat vind ik een goed idee. Maar dan maken we het samen. Ik begin.' Hij trekt het dekbed op tot onder mijn kin.

'Je moet het wel zelf komen brengen. Dan weet ik tenminste zeker dat je thuis bent op mijn verjaardag.' Ik krijg tranen in mijn ogen van het gapen.

'Jouw élfde verjaardag? Dacht je dat iemand me hier dan weg kon houden? Daar kom ik speciaal voor thuis.' Wiek buigt zich over me heen en zoent op mijn kruin. 'Dat beloof ik.'

Die drie woorden zouden me wakker moeten schudden. Maar dit keer wil ik het nog erger geloven dan anders.

Muis schrok op. Het was net of ze iemand haar naam hoorde roepen. Hoe lang had ze hier zitten dromen? Ze had vreselijke dorst gekregen. De rat hamerde op iets van metaal. Zo hard dat ze elke klap kon voelen dreunen.

Ze krabbelde overeind en drukte haar gezicht tegen het busraampje. De zon zakte langzaam achter het hotel. Suf van de warmte klom ze de bus uit. Ze struikelde bijna over een reserveband die onder aan het trapje lag.

Buiten was het koeler. De rat stond op zijn tenen op een kist die tegen de neus van de bus was geduwd, zijn bovenlichaam verscholen onder de motorkap. Ze hoorde hem in zichzelf mompelen. Weer zo'n klap. Muis grinnikte en liep de andere kant op. De deur van het wachtlokaal stond uitnodigend open. Op de drempel bleef ze verrast staan.

Het lokaal was nauwelijks nog te herkennen. De frisse avondlucht vermengde zich met de geur van boenwas. De vloerplanken glansden zacht. Alle stoelen waren bij tafeltjes aangeschoven. Glazen stonden in rijen te glimmen in de kast achter de bar. Boven de bar en boven elk tafeltje brandden kleine schemerlampjes. De klapdeuren achter de bar vlogen open en de vos kwam erdoor naar binnen gezeild.

'Muis! Ik riep je al!' Hij zette een grote kan water op de bar en was alweer verdwenen. 'De eerste is bijna klaar!' hoorde ze nog gedempt. De klapdeuren wiegden zachtjes na.

Muis vulde een glas en dronk het achter elkaar leeg. Pas toen ze een tweede had ingeschonken, ging ze op de voorste kruk zitten. Halverwege haar derde glas kwam de vos weer tevoorschijn.

'Ik hoop dat dit beter is dan die soep van vanmiddag.' Hij zette met een aarzelend gebaar een bord voor haar neer en keek haar zorgelijk aan. 'Ik snap eigenlijk nog steeds niet goed waarom die zo vies was.'

'Te veel zout,' zei Muis, terwijl ze zich nieuwsgierig naar voren boog. Nu de ergste dorst over was, merkte ze hoeveel honger ze had. Op het bord lag een bleke, verfrommelde pannenkoek. De damp sloeg eraf.

'Ah! Denk je?' Verrast keek de vos op. 'Daar heb ik tenminste wat aan...'

Hij knikte bedachtzaam. 'De rat zegt nooit iets. Die schrokt alles naar binnen en proeft niks. Als het aan hem ligt, word ik nooit een goede kok. Nou?' Met zijn kop schuin keek hij haar afwachtend aan. Muis strooide flink suiker over het bord, haalde diep adem en nam een hap. Het deeg was niet erg gaar.

'De eerste moet altijd mislukken,' zei ze, en nam dapper nog een hap. 'Dat hoort zo. En er moet eigenlijk stroop op. Heb je dat?'

De vos knikte en schoot opeens geschrokken overeind. 'Mijn pan!' riep hij, terwijl hij zich naar de keuken haastte.

'Ik zei het toch? Zo roestig als wat, die contactpunten.' De rat kwam het wachtlokaal binnen. Zijn vacht zat onder de zwarte smeer. Hij klom op de kruk naast Muis en keek belangstellend naar het nieuwe bord dat de vos binnenbracht.

'Deze is misschien een tikje aan de donkere kant geworden,' zei de vos, terwijl hij het voor haar neerzette en er een stenen pot naast schoof.

'Heb je voor mij ook zo'n ding?' riep de rat snel, terwijl de rug van de vos achter de klapdeuren verdween. Vol interesse keek hij toe hoe Muis een lepel in de strooppot doopte en hem boven het bord heen en weer bewoog. 'Wat doe je?'

Ze draaide haar bord naar hem toe, zodat hij kon meekijken. Maar hij bleef haar vragend aanstaren.

'Kan je soms niet lezen?' Ze bedoelde het als grapje.

'En wat dan nog?' zei de rat nonchalant. Maar hij keek er zo ongemakkelijk bij dat ze begreep dat ze het goed had geraden.

'Ik schrijf mijn naam,' zei ze snel. De S moest ze heel smal maken om nog net op het randje te passen. 'In de hoop hem nooit meer te vergeten,' mompelde ze er zachtjes achteraan. Ze rolde de koek op en nam een flinke hap. De korst was donker en tamelijk hard, maar dat had als voordeel dat hij tenminste gaar was. De vos kwam alweer aanzetten met de volgende pannenkoek. Ze schoof hem door naar de rat.

'Morgen ga ik proberen ze opnieuw af te stellen,' zei hij, terwijl hij de strooppot naar zich toe trok. Hij doopte de lepel er zo diep mogelijk in en hield hem boven zijn bord. 'De contactpunten, bedoel ik.' Hij bedacht zich en gaf de lepel aan Muis.

'Kan je d'r bij mij ook wat op schrijven?'

Muis leunde opzij en liet de lepel bewegen. Na de R en de A was hij al bijna leeg.

'Wat schrijf je?' De rat snuffelde aandachtig, alsof hij kon ruiken wat er stond.

'Jouw naam natuurlijk,' zei Muis. Ze had niet meer genoeg voor het streepje op de t, dus stond er eigenlijk 'Ral'.

'Dat is zijn naam helemaal niet,' zei de vos, die er een vluchtige blik op wierp. Hij schoof het lege bord van Muis opzij en zette er een nieuw voor in de plaats.

'Hoezo niet?' vroeg de rat verontwaardigd.

'Jij bént een rat; je héét niet zo.' De vos zette zijn poten in zijn zij en keek van de een naar de ander. 'Rat zeg je tegen elke rat.'

'Maar Muis heet toch ook Muis?' Niet-begrijpend keek de rat naar zijn bord. De stroop begon uit te lopen.

'Omdat Muis geen muis is. Ze is een meisje dat Muis héét,' zei de vos. Hij knikte erbij, alsof hij zijn woorden kracht bij moest zetten. De rat zweeg en keek met grote ogen naar Muis, die net haar naam op haar nieuwe pannenkoek wilde schrijven. Ze bedacht zich en liet de stroop er in een rechte streep op lopen. Snel rolde ze hem op.

'Dus... als ze een muis was, kon ze geen Muis heten?' De rat nam de lepel van haar over en liet een extra lepel stroop op zijn bord druipen. De vos zweeg verward en krabde achter een oor. Om zich een houding te geven pakte hij een soepkom die nog ergens op de bar stond.

'Wat is míjn naam dan?' vroeg de rat dringend.

De vos haalde zijn schouders op. 'Jij hebt geen naam. Ik ook niet.' Hij staarde peinzend in de kom. 'Niet dat ik weet, tenminste.'

De rat rolde zijn koek op zoals hij Muis had zien doen. Hij nam een flinke hap. 'Dan wil ik er een,' zei hij met volle mond. Vastbesloten nam hij nog een hap. 'Waarom zou ik geen naam kunnen hebben?' Het was verbazend hoe goed hij kon eten en praten tegelijk.

'Waar wou je die vandaan halen?' De vos hield een volle soeplepel omhoog en snuffelde eraan.

'Hoe ben jíj aan je naam gekomen?' De rat gebaarde naar Muis met de rest van zijn koek. De stroop liep er aan twee kanten uit en maakte een spoor van druppels op de bar.

Muis haalde haar schouders op. 'Een naam moet je van iemand krijgen.' Ze stopte het laatste stukje in haar mond en boog met een zwaar gevoel in haar buik een beetje naar achteren.

De rat keek haar nadenkend aan.

'Volgens mij,' zei hij langzaam, 'ben jij precies de goede persoon om mij een naam te geven.' Hij legde een plakkerige poot op haar arm.

'Ik?' Geschrokken trok ze haar arm terug. 'Waarom ik? Ik heb nog nooit iemand een naam gegeven. Denk ik,' zei ze erachteraan. Want echt zeker wist ze het niet.

De rat boog zijn kop en likte razendsnel de druppels stroop op van de bar. 'Met je eigen naam lukte het ook.' Hij poetste zijn snorharen en keek haar onbekommerd aan. De vos knikte instemmend, zag ze tot haar schrik.

'Die van mij heb ik alleen teruggevonden, niet... bedacht,' protesteerde ze. 'Ik denk niet dat ik goed ben in dingen verzinnen.'

'Ik wil ook helemaal geen verzonnen naam,' zei de rat verontwaardigd. 'Ik wil een échte.'

Muis keek onzeker om zich heen. Ze kon toch niet zomaar ergens een naam vandaan halen?

'Het moet wel iets bijzonders zijn.' De rat sprong van zijn kruk en begon

achter haar heen en weer te lopen. 'Een naam die niet zomaar iedereen krijgt. Je mag er best even over nadenken. Misschien iets deftigs...
of iets buitenlands...'

'Buitenlands?' Door dat woord kreeg ze opeens een idee. Ze keek om
naar de openstaande deur. Buiten was het donker geworden.

'Misschien weet ik wel iets.' Muis stond op. 'Dan moet er een zaklamp
mee. De beste namen moet je met een lichtje zoeken.'

De bus naar het vliegveld is zo vol dat we niet met zijn drieën bij elkaar kunnen zitten. Mees zit ergens voorin, en ik zit op de achterbank in het hoekje, naast Wiek. Er is geen andere plek voor zijn rugzak dan bij onze voeten. Ik zit met mijn benen opgetrokken op de bank.

Het is warm in de bus. De zon schijnt fel naar binnen en brandt op mijn gezicht. Het dakluik staat open om wat frisse lucht binnen te laten. Ik ben moe van het weinige slapen vannacht. Steeds als de bus een bocht maakt, word ik tegen Wieks arm aan geduwd. Ik laat mijn hoofd tegen zijn arm liggen. De stof van zijn jasje schuurt tegen mijn wang. Zou hij het niet veel te warm hebben? Zelf heb ik mijn jas uitgedaan. Met mijn ogen dicht laat ik me meedeinen. Ik hoop dat het nog een hele tijd duurt voor we op het vliegveld zijn.

'Je moet me nog vertellen waar het over moet gaan,' zegt Wiek na een tijdje. Ik geef geen antwoord want ik lig net zo lekker, en bovendien heb ik geen idee waar hij het over heeft.

'Ik wil wel beginnen, maar je moet me een beetje op weg helpen.' Hij prikt met zijn elleboog zachtjes in mijn zij. 'Of ben je nu al vergeten wat we vannacht hebben afgesproken?'

De bus maakt een scherpe bocht en slingert me de andere kant op. Ik doe mijn ogen open en ga overeind zitten.

'We zouden toch een verhaal maken?' Wiek trekt zijn wenkbrauwen op. 'Ik begin. Dan ga jij later verder.'

Nu weet ik het weer! Ik ga er eens goed voor zitten. Nu we de stad uit zijn, slingert de bus niet meer zo.

'Ik wil… een spannend verhaal. Zo'n verhaal waar je alles bij vergeet. Dat zijn de beste. Het moet gaan over… over een meisje als ik. Niet precies zoals ik natuurlijk. Maar wel dat ze op me lijkt.' Peinzend staar ik naar de rugleuning voor me.

'Ze is bijvoorbeeld verdwaald. Of nee, misschien is ze iets kwijt. Iets belangrijks, maar wat weet ik nog niet… en daar gaat ze dan naar zoeken… Maar dan niet gewoon thuis natuurlijk. Het moet op een onbekende plek spelen. En dat er dan –'

'Hoho! Genoeg!' Wiek steekt een hand op. 'Volgens mij heb je mij er helemaal niet bij nodig.' Hij kijkt me vrolijk aan. 'Weet je soms ook al hoe ze moet heten?'

Ik denk een tijdje na. Moeilijk, om zomaar een naam te verzinnen. Zeker voor iemand die je nog helemaal niet kent. Ik schud langzaam mijn hoofd.

'Daar weet ik misschien wel wat op,' zegt hij, en knipoogt. 'Ik heb nog een prima naam op de plank liggen.'

Ik denk dat ik wel weet wat hij bedoelt. Voordat ik geboren werd, hadden Wiek en Mees allebei een naam voor me bedacht. Die twee namen hebben ze in het begin allebei uitgeprobeerd. Die van Mees had gewonnen.

'Dat lijkt me een goed begin.' Wiek begint een deuntje te neuriën. De bus maakt een bocht en ik word weer tegen zijn schouder aan geduwd.

'Hmm?' Door het loeien van de motor hoor ik amper wat hij zegt.

'Een naam. Dat is een goed begin voor een verhaal. Zeker zo'n mooie naam als deze.' Hij vouwt zijn armen over elkaar en neuriet zachtjes verder. 'Echt iets voor een meisje als jij.'

'Cambronne... Michelet... als je iets hoort wat je mooi vindt, moet je het zeggen.' Langzaam liet Muis het licht van de zaklamp over de namen van de bushaltes glijden.

'Hmmm...' De rat zat naast haar op de achterbank, met zijn kop achterover en zijn ogen dicht.

'Carrefour, Guillaumat... ik weet niet precies hoe je dat uitspreekt. Morillons...' Ze tuurde ingespannen omhoog. 'Volontaires, Buffon... of hier: Raspail?'

'Hmmmm...'

Hoorde hij haar eigenlijk wel? Ze richtte de zaklamp op de rat. Er bewoog niets aan hem. Misschien was het toch niet zo'n goed idee geweest als ze had gedacht.

'Sénat? Jussieu? Cuvier?'

Een naam vinden was natuurlijk ook een belangrijk ding. Dat moest je niet overhaasten. 'Buffon? Jar—'

'Had je al gezegd.' De rat opende één oog. 'Buffon. Zei je net ook al.' Het oog ging weer dicht. Dus in elk geval luisterde hij.

'Jardin, Austerlitz, Mauriac. Is dat niks: Mauriac?' Geen reactie.

'Aron, Durkheim, Emile...' Ze was aan het einde van de rij gekomen.

'Wat denk je, zit er iets bij?' Onzeker keek ze de rat van opzij aan. Buiten de kleine lichtcirkel was het in de bus nog donkerder dan buiten. Ze zag zichzelf weerspiegeld in de ruit, met de rat naast haar.

'Dat kan ík toch niet zeggen!' Zonder zijn ogen open te doen, veegde hij langs zijn snorharen. 'Jíj moet hem uitkiezen.'

Muis zuchtte. Ze liet de lichtbundel nog een keer langs de rij kruipen, dit keer van achter naar voren. Het moest in elk geval iets met een A zijn, dacht ze. Dat paste bij hem. Raspail? Of was dat misschien... toch iets te scherp. Te schraperig. Mauriac... iets te uitgerekt. Sénat was te kort. Bovendien zat daar een E in, dat was niet goed. Een E, dacht ze, dat was meer iets voor de vos. Heimelijk keek ze even naar hem. Hij zat op de bank voor hen met zijn rug tegen het raam en een poot over de rugleuning. Sinds ze in de bus zaten, had hij niets gezegd.

Ze richtte het licht verder naar links. Misschien toch iets met een U, dacht ze vertwijfeld, Cuvier? De lamp dwaalde verder. Of...

'Dantzig.'

Dat was hem; ze wist het zeker. Rond aan de ene kant en puntig aan het einde: precies goed voor de rat. Triomfantelijk keek ze opzij. Dantzig zat onbeweeglijk, zijn ogen nog steeds dicht.

'Dus zo voelt het,' zei hij zachtjes, 'als je je naam gevonden hebt.'

Iedereen zweeg. Daardoor werd het vanzelf een plechtig moment.

'Een goede keus.' Het was de vos die na een tijdje de stilte verbrak.

Muis keek hem nadenkend aan.

'Wil jíj eigenlijk geen naam?' vroeg ze.

'Natúúrlijk wil hij een naam,' riep Dantzig, nog voor de vos kon antwoorden. 'Dit was nog maar het begin!' Hij sprong op, alsof hij al te lang had stilgezeten, en rende door het gangpad heen en weer.

Muis glimlachte. Voor de vos iets met een E dus... Michelet? Legris? Ze mompelde het zachtjes voor zich uit. Nee... er moest geen I in. Sèvres? Rennes.... hmmm. De E's waren goed, en de R. Maar iets... iets ontbrak.

'Nou?' Dantzig kon niet stilstaan van opwinding. Hij porde haar in haar zij, zodat het licht heen en weer zwiepte. Muis liet de lamp zakken.

'Ik kan hem niet vinden. Het spijt me. Voor de vos zit er niets tussen.'

'Dat geeft helemaal niks.' De vos deed zijn best om opgewekt te klinken. 'Tot nu toe ging het ook altijd best zonder.'

'Geeft wél!' Dantzig schudde de vos door elkaar. 'Je hebt geen idee, wat een verschil het is...' Ongeduldig rukte hij Muis de zaklamp uit handen.

Hij scheen er links en rechts mee door de bus. 'Hij móet hier ergens zijn...'

De lichtstraal schoot heen en weer. 'Zie je wel? Er zijn hier nog veel meer woorden. Wat staat hier?' Hij scheen op een langwerpig bordje boven de voorruit. Muis kwam dichterbij. Ze moest haar ogen dichtknijpen om het goed te zien.

'IL EST INTERDIT DE CRACHER PAR TERRE...' Ze sprak het uit zoals het geschreven was. Terre, dacht ze. Een beetje als Rennes... Twee E's, twee R'en... bijna helemaal goed. En toch...

'Misschien staat mijn naam niet in de bus,' zei de vos. Hij was achter hen aan gekomen en schoof op de voorste bank. 'Misschien moet hij ergens anders vandaan komen.'

Muis ging naast hem zitten en staarde door de voorruit, de donkere nacht in. Dat het niet lukte, temperde haar blijdschap om Dantzig. Het zou nog mooier zijn om twéé namen te vinden.

Zelfs Dantzig zweeg. Hij leunde moedeloos tegen het portier van de bus en liet de lamp zakken. De lichtbundel bleef rusten op de klink. Muis' ogen werden als vanzelf naar het licht getrokken. Ze fronste haar voorhoofd en boog zich voorover. Er stond iets op de deur van de bus. Dantzig volgde haar blik.

'Zie je wel! Ik wist dat er nog woorden waren!' Hij bukte zich en prikte opgewonden met zijn poot in de lichtbundel. 'Wat staat er? Wat staat er?'

Muis leunde nog verder voorover. Er stonden twee woorden op de deur, in rode letters, aan elke kant van de klink één.

'OUVRIR', was aan de linkerkant geschreven.

'FERMER', stond er rechts.

'Fermer.' Ze sprak het zo uit als het geschreven was. Dat is precies wat ik zoek, dacht ze verbaasd. Het heeft het goede aantal E's en R'en. En die F aan het begin is lekker stevig.

Dantzig stootte haar aan en richtte zijn lamp op de vos. Met grote glanzende ogen staarde hij voor zich uit in het donker.

'Het is net alsof ik zonder het te weten altijd al zo heb willen heten.'

Verwonderd keek hij naar Muis. 'Jij bent goed met woorden,' zei hij. Muis voelde haar wangen warm worden. Gelukkig kon niemand in het donker het rood zien opstijgen.

'Feest!' riep Dantzig. 'Naamfeest!' Hij stormde heen en weer door de bus tot hij schudde. 'Drie namen op één dag! We hebben dringend taart nodig!' Hij greep Fermer en trok hem overeind.

Fermer liet zich grijnzend naar de uitgang sleuren. Muis keek hoe hij zich met een vreemd huppelpasje in de richting van het hotel haastte. Net of hij nog niet goed wist hoe hij zich met zijn nieuwe naam moest bewegen.

Dantzig pakte Muis bij haar armen en walste met haar het gangpad door. Giechelend probeerde ze hem bij te houden, maar ze werd zo duizelig van het draaien dat ze al gauw op een bank neerviel. Dantzig danste alleen verder. Om zijn wilde bewegingen te ontwijken schoof ze in een hoek bij het raam.

Ze zag Fermer in de verte aan komen lopen. Hij droeg iets voor zich uit dat zijn kop van onderen spookachtig verlichtte. Jij bent goed met woorden, had hij gezegd. Ze wist niet goed waarom dat haar zo blij maakte.

'Je moet het zien als een taart voor noodgevallen.' Voorzichtig klom Fermer naar binnen. 'Er was nog wat over.' Hij zette een groot bord op de bank naast Muis. Er lag een stapel pannenkoeken op waar iets plakkerigs overheen was gesmeerd. In de bovenkant had hij zoveel mogelijk kaarsjes geprikt. Muis kreeg een stuk met drie kaarsjes. Dunne laagjes pannenkoek en stroop wisselden elkaar af.

'Dat mijn eigen naam al die tijd in mijn eigen bus heeft liggen wachten...' Dantzig pakte een bordje aan en ging ermee op de bank voor Muis zitten. 'Zonder dat ik het wist...' Hij schudde zijn kop en propte afwezig het hele stuk in één keer naar binnen.

'Wacht maar tot de bus het doet! Dan gaat alles pas echt veranderen!' Hij leunde zo ver mogelijk over de stoelleuning naar achteren en sneed voor zichzelf nog een stuk af.

63

'Alles ís al aan het veranderen,' zei Fermer. Hij zat op de bank naast Muis en bekeek zijn stuk taart aandachtig aan alle kanten. Muis grinnikte. At hij eigenlijk wel eens iets?

Terwijl Dantzig met volle mond vertelde over een speciale methode om de contactpunten van de bus bij te stellen en Fermer er af en toe een korte vraag tussendoor baste, trok Muis een voor een de kaarsjes uit haar taartpunt en plakte ze met een druppel kaarsvet op het schoteltje. Met haar ogen halfdicht staarde ze tevreden in de vlammetjes. De stemmen van Dantzig en Fermer kabbelden langs haar heen.

Ze gaapte, en glimlachte naar haar spiegelbeeld in de ruit van de bus. Was het echt pas gisteren dat ze hier was aangekomen? Langzaam zakten haar ogen steeds verder dicht. Hoe kon het eigenlijk dat haar spiegelbeeld niet teruglachte, vroeg ze zich slaperig af. Ze deed haar ogen open en staarde naar het raam. Haar spiegelbeeld staarde boos terug. Geschrokken deinsde ze achteruit. Ze knipperde een paar keer met haar ogen en keek opnieuw. Dit keer keek haar spiegelbeeld net zo verbaasd als zij en knipperde gewoon terug. Het boze was verdwenen.

Ze hield het bordje met de kaarsen vlak naast haar hoofd en staarde ingespannen naar het raam. Dat moest ze verkeerd hebben gezien. Een spiegelbeeld kon niet anders kijken dan zij. Als het dat wél kon, was het geen spiegelbeeld. Ze was gewoon zo moe dat haar ogen het niet goed deden.

Ze duwde haar neus tegen de ruit en tuurde in het donker. Een streep licht viel door de deur van het wachtlokaal naar buiten. Nu dacht ze ook al dat ze aan de rand van de streep licht iets zag bewegen. Ze stond op en glipte de bus uit.

Buiten was het doodstil. Het roze licht knipperde boven de lege vlakte. Er was niets dat bewoog. Op haar tenen liep ze een rondje om de bus. Het licht van de kaarsen liet de schaduwen van de dieren dansen op het plafond.

Ze keek omhoog naar de neonletters. Het zag ernaar uit dat de O en de T het inmiddels helemaal hadden begeven. De andere drie letters knipperden onvermoeibaar door. H, E, L... Geen wonder dat er hier niemand komt, dacht ze grinnikend. Maar op hetzelfde moment liep er een rilling over haar rug. Ze probeerde haar armen warm te wrijven en liep haastig terug naar de ingang van de bus.

'Wat is er?' Fermer leunde uit de bus, zijn bordje nog in zijn hand.

'Ik dacht even dat ik iets zag buiten.' Ze klom langs hem heen naar binnen. 'Net of er iets bewoog.' Een beetje schaapachtig wees ze achter zich. 'Maar buiten was er —'

'Niemand. Natuurlijk was er buiten niemand.' Dantzig sprong overeind en keek haar onschuldig aan. 'Dat moet je je hebben verbeeld.' Hij keerde zich naar Fermer. 'Dat kan niet anders.'

Fermer zei niets.

'Toch?' Afwachtend keek Dantzig hem aan.

'Natuurlijk.' Fermer keek even naar buiten en knikte langzaam. 'Dat heb je je verbeeld.' Hij raakte geruststellend haar arm aan.

'Volgens mij hebben we genoeg veranderingen gehad. Voor een dag.' Met zijn poot nog op haar arm boog hij zich over de taart en blies de kaarsjes uit.

Het busstation ligt halverwege ons oude en ons nieuwe huis. Raar, om al aan ons huis te denken als 'oud', terwijl we er nog wonen. Maar dat duurt niet lang meer. De eerste verhuisdozen staan al klaar. Overmorgen ben ik jarig, en daarna beginnen we echt met inpakken.

De drukte op het busstation maakt me rustig vanbinnen. Mees heeft liever niet dat ik er in mijn eentje heen ga, maar ik kom er graag. Ik hou van de geur van benzine. Dat is de schuld van Mees. Toen ze zwanger was, stond ze bij elk benzinestation dat ze tegenkwam een poosje de lucht op te snuiven. Naderhand begreep ze niet meer wat ze er ooit lekker aan had gevonden. Bij haar ging het over zodra ik geboren werd. Bij mij is het gebleven.

In het midden van het plein staat een houten keet. Aan de voorkant ervan staan de bussen die vertrekken. In de keet drinken buschauffeurs hun koffie, terwijl ze uitkijken op de reizigers die op hen staan te wachten.

Aan de achterkant van het gebouwtje is een blinde muur. Er loopt een plank langs die als bank dient. Daar zit ik het liefste, met uitzicht op de bussen die aankomen. Ik kijk naar de reizigers, die alle kanten op zwermen zodra ze uitstappen, en probeer te raden waar ze vandaan komen en wat ze gaan doen. Dit keer kijk ik extra goed naar hun gezichten, in de hoop dat ik dat van Wiek ertussen zie opduiken.

Meestal laat hij van tevoren horen wanneer hij aankomt. Dan wachten Mees en ik hem hier samen op. Dit keer hebben we nog niets gehoord, maar dat hoeft niks te betekenen. Het gebeurt wel vaker dat hij zelf eerder aankomt dan zijn bericht.

De vingers van mijn rechterhand trommelen op de houten bank naast me. Ze spelen de melodie die ik de laatste tijd eindeloos heb geoefend. Net zo lang tot ik hem zonder fouten kon spelen. Ik ken hem bijna uit mijn hoofd. Ik verheug me nu al op de verbaasde blik van Wiek als ik het voor hem speel.

Daar komt weer een bus. Deze komt van het vliegveld! Dit keer zijn er niet zo veel passagiers die uitstappen. Ik hoef niet lang te kijken om te zien dat hij er niet bij is. Toch ben ik bij elke bus een beetje teleurgesteld.

Ik moet eigenlijk naar huis, maar ik wacht nog één bus af, voor ik ga. Over een kwartier komt de volgende.

Waar blijft hij nou? Mijn vingers roffelen ongeduldig op het hout. Hij heeft beloofd dat hij speciaal zou komen. De woorden stampen door mijn hoofd, op de maat van het getrommel. Hij heeft het beloofd, hij heeft het beloofd, hij heeft het beloofd.

Iemand had haar bed opgemaakt en een pyjama klaargelegd. Keurig opgevouwen lag hij op haar hoofdkussen te wachten. Muis sloeg de dekens terug, pakte de pyjama op en hield hem voor. Roze bloemenstof. Natuurlijk. Ze grinnikte.

Daar was het weer! Zo zacht dat ze het amper hoorde. Ze luisterde met ingehouden adem.

Pianomuziek. Net als de vorige nacht. Dezelfde melodie, die alsmaar opnieuw begon. Ze liet de pyjama op het bed vallen en liep naar het raam. Zodra ze de balkondeuren opende, werd de muziek luider.

Met twee handen op de rand van het ijzeren hekje bleef ze staan luisteren. Langzaam kropen de tonen omhoog. De vingers van haar rechterhand begonnen mee te tikken op de ijzeren leuning.

Ongelovig staarde ze naar haar eigen vingers. Ze leken te weten hoe ze de muziek moesten spelen. Precies in de maat met de melodie liepen ze over het ijzer naar rechts, alsof ze steeds hogere tonen opzochten.

Geschrokken trok ze haar handen van het hek af en stopte ze diep in haar broekzakken. Kan ik pianospelen? dacht ze verwonderd.

Ze liep de kamer door naar de deur. Behoedzaam deed ze hem open. In de gang klonk de muziek gedempt. Het geluid leek van boven uit het trappenhuis te komen.

Aarzelend keek ze om zich heen. Toen Fermer haar daarnet naar boven had gebracht, had hij ergens een grote lamp aangedaan. Nu brandde er alleen naast haar kamerdeur een klein lampje. De treden van de trap naar boven verdwenen in het donker. Als ze wilde weten waar die muziek vandaan kwam, moest ze die kant op.

Voorzichtig deed ze haar kamerdeur dicht en stak de gang over. Haar benen trilden toen ze begon te klimmen. De trap kraakte zacht. Telkens als de piano even stopte, bleef ze staan wachten tot ze hem weer hoorde.

In de gang op de tweede verdieping was geen enkel licht. Op de tast vond ze de volgende trap. Toen ze gewend raakte aan het donker, ging het klimmen beter. Ze ging de goede kant op. Het geluid van de piano werd langzaam sterker.

Op de derde verdieping brandde gelukkig een lampje. Ze bleef staan en haalde een paar keer diep adem. Haar ogen zochten de volgende trap. Maar op de plek waar die zou moeten beginnen was alleen een balustrade, en een blinde muur. De trap ging niet verder omhoog. Voorzichtig keek ze over de rand naar beneden. Onder haar loste de trap op in het donker. Was ze dan al boven? Ze spitste haar oren. Toch was het net of de muziek nog steeds van hoger kwam.

Ze draaide zich om en tuurde de gang in. Hij zag er precies zo uit als de gang op de eerste verdieping. Op dezelfde plek als waar haar kamerdeur zat, was hier ook een deur. Het enige lampje brandde er vlak naast. Misschien kon ze in deze kamer even bij het raam luisteren. Hierboven was vast beter te horen uit welke richting de muziek kwam. Ze trok de klink naar beneden en wachtte. Er gebeurde niets. Voorzichtig stak ze haar hoofd om de deur.

De kamer was donker. Het rook er muf. Ze duwde de deur verder open en liep naar binnen. Bij het licht van de neonletters vond ze een lampje naast het bed en knipte het aan.

De kamer verschilde niet veel van die van haar, alleen was alles hier bekleed met gele bloemen, in plaats van met roze. Het bed was onbeslapen. Overal waar ze keek lag een laagje stof.

Het raam was zo vuil dat ze er niet door naar buiten kon kijken. Voorzichtig trok ze aan het handvat. Het gaf niet mee. Ze rukte nog een keer, met twee handen nu. Met veel geratel schoof het raam plotseling een stuk naar boven. Geschrokken deed ze een stap naar achteren.

De piano stopte midden in een loopje.

Met ingehouden adem bleef ze staan wachten.

In de stilte hoorde ze een ander geluid van buiten komen. Ze boog zich naar het raam. De opening was net groot genoeg om haar hoofd en schouders erdoor te steken.

Beneden bij de bus bewoog iets. Opgelucht herkende ze Dantzig, die bedrijvig heen en weer scharrelde. Zijn witte vacht lichtte telkens even roze op. Ze deed haar mond open om hem te roepen, maar bedacht zich. Als ze wilde dat de piano weer ging spelen, kon ze misschien beter stil zijn. Met haar kin op haar handen leunde ze op het raamkozijn en staarde naar de heuvel in de verte.

Achter haar klonk een harde klap.

Met een ruk schoot ze omhoog en stootte haar hoofd tegen het raam. Ze draaide zich om. De klap dreunde na in haar oren.

In de tocht van het open raam was de deur dichtgeslagen. Ze haalde opgelucht adem en wreef ondertussen over de pijnlijke plek op haar hoofd. Haastig liep ze naar de deur. Ze had opeens geen zin meer om op de piano te wachten. Ze wilde zo snel mogelijk terug naar haar kamer. Morgen zoek ik wel verder, dacht ze, en duwde de klink naar beneden.

De deur ging niet open.

Ze greep de klink met twee handen en rukte en trok uit alle macht. Er zat geen beweging in. De deur bleef dicht.

Misschien was er door de klap iets klem geraakt. Zenuwachtig wrikte ze aan de klink; naar boven en beneden, naar links en naar rechts. Hoorde ze daar iets? Op de gang?

Ze stopte en luisterde. Ze bukte zich en probeerde door het sleutelgat te kijken. Het was te donker op de gang om iets te zien. Of zat er iets voor het sleutelgat?

'Hallo?' Ze zei het eerst zachtjes, en meteen daarna nog een keer harder: 'Hallo! Is daar iemand? Ik zit vast!'

Er kwam geen antwoord. Ze hield haar adem in en duwde haar oor tegen de deur. Nu hoorde ze een laag gezoem, als van een machine die zich langzaam in beweging zette. Tien, vijftien, twintig tellen hield het geluid aan, toen stopte het weer.

Ze rukte en trok opnieuw aan de klink, bonsde met allebei haar vuisten op de deur. Ze haastte zich terug naar het raam en stak haar hoofd naar buiten.

'Dantzig!' riep ze naar beneden. 'Ben je daar?'

Er kwam geen antwoord. Ze riep nog een keer. Misschien was hij net even naar binnen.

'Rustig blijven,' fluisterde ze, 'ik moet rustig blijven.' Ze trok een stoel tot vlak bij het raam en ging op het puntje zitten. Af en toe leunde ze naar voren, om te kijken of Dantzig al naar buiten kwam. Ze deed haar ogen dicht en wiegde zichzelf heen en weer. Er is helemaal niets aan de hand, dacht ze. Dadelijk komt Dantzig naar buiten.

Maar ze was te onrustig om te blijven zitten. Ze liep langs het bed en terug, ging voor de spiegel staan en probeerde naar zichzelf te glimlachen. Het werd een waterige grijns. Ze moest proberen aan iets anders te denken.

'Ik heb mijn naam terug,' zei ze hardop tegen de spiegel. 'Muis.' De tweede glimlach lukte beter. Haar spiegelbeeld glimlachte terug. Zie je wel? Niets aan de hand.

'En ik denk het beste na met mijn ellebogen op mijn knieën...' Ze knikte. Dat ging al beter. 'Ik heb een rode regenjas...' Wat nog meer? '... ik kan pianospelen...'

Ik zit hier en ik kan niet weg, dacht ze er plotseling dwars doorheen. Niet aan denken!

'Ik heb een tas met muziekboeken.' En een sleutel aan een kettinkje, herinnerde ze zich opeens. Ze voelde in haar broekzakken en haalde hem tevoorschijn. Ze hield hem onder de lamp om het hangertje te bekijken. Het leek op een... 'Een huisje?' Maar dan met een veel te groot dak.

Ze had geen geduld om er lang naar te kijken. Haar blik dwaalde af naar de deur. Waarom ging die niet open?

'Niet aan denken nu!' zei ze streng tegen de spiegel. Maar haar gedachten luisterden niet meer en gingen hun eigen gang. Ze tolden over elkaar heen door haar hoofd.

Waarom lachte haar spiegelbeeld niet terug? Waarom gaven de dieren geen antwoord op haar vragen? En wat had ze hier toch te zoeken?

Ze probeerde de deur nog een keer. Hij bleef dicht. Rusteloos liep ze naar het raam en boog zich naar buiten. Waar bleef Dantzig nou? Wat als hij was gaan slapen?

Het geknipper op het dak ging onverstoorbaar door. Opeens begreep ze niet meer dat ze daar vanavond nog om had gelachen. Om het niet meer te hoeven zien ging ze op het bed liggen, haar rug ernaartoe. Rillend trok ze het dekbed om zich heen. Ze was zo moe...

Ze hield het hangertje voor haar ogen en keerde het om. Nu zag ze wat het was! Het was een bootje. Een piepklein bootje met een schoorsteen. Of misschien was het een mast.

Met het hangertje in haar hand geklemd en het dekbed stevig om zich heen begon ze zich kalmer te voelen. Ze deed heel even haar ogen dicht. Langzaam werd haar ademhaling rustig.

Lieve, onbegrijpelijk grote dochter van me,

Heb jij ook wel eens het gevoel dat de tijd zich niet aan de regels houdt? Dat de ene minuut niet meer gewoon na de volgende komt en zo netjes verder? Hoe kan het anders dat er alwéér een heel jaar voorbij is? Een jaar waarin ik je veel te weinig heb gezien…
Ik raaskal. Dat komt omdat we hier al bijna twee dagen zitten opgesloten op een plek waar geen tijd lijkt te bestaan.
Als je deze brief leest, is je verjaardag misschien wel voorbij, maar terwijl ik hem schrijf, moet hij nog komen. Dus wat ik je moet vertellen, weet je misschien al wanneer je mijn brief openmaakt. Want het moet wel heel wonderlijk lopen, wil ik nog op tijd thuis kunnen zijn voor je verjaardag. Hoe graag ik ook zou willen.
Ik kan je alleen vertellen hoe het komt. Dat helpt niet, dat weet ik wel. Maar het is een vreemd verhaal, en misschien vind je het ondanks alles leuk om te lezen.
Het begon ermee dat de boot stuk ging. Gelukkig konden we nog net de haven van Triëst bereiken. Daar liggen we nu. Een toepasselijke naam, gezien de staat van de boot. En van mijn hart. We moeten hier wachten op onderdelen. En zelfs dan nog is het de vraag of het gaat lukken om hem weer goed te laten varen. Daarom moet ik erbij blijven. Het is tenslotte mijn eigen boot.
In ruil voor een paar optredens op het havenplein hebben we een oude bus op de kop getikt. Die stond hier op de kade weg te roesten. Een antieke stadsbus uit Parijs. In afwachting van de onderdelen wilden we er wat mee rondreizen in de buurt, om toch nog wat

geld te verdienen met spelen. Maar 's avonds laat, in het stikdonker, begaf dat ding het. We waren ver van de bewoonde wereld, dus hebben we met zijn allen in de bus geslapen. Toen het 's ochtends licht werd (dat was gisteren) bleken we nota bene vlak bij een verlaten hotel te staan! Zo verlaten dat er geen openbaar vervoer in de buurt komt. Er is hier zelfs geen brievenbus!

Gelukkig is er wel een klusjesman, die zegt dat hij onze bus kan repareren. We hebben hem beloofd dat hij hem mag houden, als het hem lukt om ons ermee naar de haven te brengen. Als zijn ijver iets zegt, moet het binnenkort goed komen. Hij heeft de hele motor al twee keer uit elkaar gehaald.

Vandaag ben ik begonnen aan je verhaal. Als ik ooit nog in de bewoonde wereld kom (en ik heb daarnet de motor even horen brullen, dus er is nog hoop), stuur ik het met deze brief naar je toe. Dan heb ik tenminste een klein deel van mijn belofte gehouden: dat je het begin van je verhaal krijgt op je verjaardag.

Ik ben benieuwd wat je ervan vindt. Ik hoop dat je er in de tussentijd alvast mee verder wilt gaan.

Gisteravond zijn mijn trompet en ik de enige heuvel hier in de verre omtrek opgeklommen, en vanaf die plek hebben we alle verjaardagsliedjes die ik kon bedenken in jouw richting getoeterd. Als we hier vanavond nog zijn, doe ik het opnieuw. En mocht je dat niet hebben gehoord – wat ik betwijfel, want ik heb sterke longen en jij uitstekende oren – weet dan dat ik aan je denk en mijn uiterste best doe om zo snel mogelijk bij je te zijn. Zorg dat je een geweldige verjaardag hebt, zodat je mij er later alles over kunt vertellen.

Ik stuur je tweeëntwintig zoenen; elf voor op elke wang.

Je vader.

P.S.: Schrijf me als je wilt poste restante naar Triëst. Tot we vertrekken zal ik elke dag op het postkantoor gaan kijken.

Een droge klik. Nog een. Droomde ze? Muis deed haar best om boven te komen drijven.

Ik moet opstaan, dacht ze slaperig, maar ze was te lui om te bewegen. Ze gaapte. Met haar vrije hand trok ze het dekbed dichter om zich heen. Daar had je die pianomuziek ook weer. En wat was dat toch voor gestommel? Net of het van boven haar hoofd kwam. Dat kan helemaal niet, dacht ze wazig. Er is hier niets boven. Er is niet eens een trap...

Dan droom ik dus toch, dacht ze, en nog voor ze opnieuw kon gapen, zonk ze alweer weg.

Zie je wel dat er meer trappen zijn! Ze had gewoon niet goed geke-
ken. Waar gaan al die trappen toch heen? Ze gaan hoger en hoger
en er komt geen einde aan... En wat is dat voor geritsel in de ver-
te – of is het gegiechel? Ze kan het niet goed horen want de piano-
muziek gaat maar door... Stil nou even, wil ze roepen, dan kan ik
tenminste horen wat dat geritsel is. Maar ze heeft al haar adem
nodig om te klimmen. In de verte klepperen twee balkondeuren
ongeduldig open en dicht. Hoe dichterbij ze komt, hoe kleiner de
opening wordt. Alleen omdat ze haar adem inhoudt, kan ze er nog
net doorheen. Met een zucht vallen de deuren vlak achter haar
dicht. Daar staat de piano. Natuurlijk! Dat ze daar niet eerder had
gekeken!

Hij staat met de hoge achterkant naar haar toe. Ze kan niet zien of
er iemand achter zit. Nu de muziek is gestopt, is het geritsel dui-
delijk te horen; het komt van achter de piano. Alleen lijkt het nu
meer op gesnuffel. Op haar tenen wil ze om de piano heen lopen,
maar het is een heel eind, veel verder dan het lijkt. Niet zo treuze-
len, sufkop, roepen twee stemmen, een hoge en een lage. Of kun je
het soms niet vinden? Op de toetsen zitten twee witte muizen, met
hun ruggen naar elkaar. Of zijn het ratten? Jij moet echt nódig eens
beter leren kijken, roepen ze in koor, hun rode oogjes gloeien boos.
Nog nooit een muis en een rat gezien soms? Nu ziet ze de verschil-
len: de ene is veel groter, met langere snorharen die slordig alle
kanten op wijzen.

Hèhè. Was dát nou zo moeilijk? roept de rat. Zodra ze over de toet-
sen beginnen te rennen, is de muziek er weer. De muis rent voor-

76

uit en de rat hobbelt er achterstevoren achteraan, de tonen worden steeds hoger. De rat begint de andere kant op te trekken; de tonen worden lager. Nu moet de muis achteruit meerennen. Ik wist niet dat pianotoetsen zo groot waren, hijgt de muis, ze moet haar voeten hoog optillen om van de ene toets naar de volgende te komen. Niet zo trekken, roept ze, met een vreemde hoge stem. Hoe komt ze eigenlijk aan die stem? Omdat ik zelf die muis ben! ontdekt ze met een schok.

Nou en? Zó raar is dat toch niet, zegt de rat achter haar, ik ben het toch óók zelf? Zal ik je een geheim vertellen? Eigenlijk ben ik helemaal geen gewone rat meer, dat komt omdat ik nu een naam heb, ik ben hem alleen even vergeten.

Uit alle macht probeert ze vooruit te komen. Maar hoe harder ze trekt, hoe verder ze achteruit over de toetsen wordt gesleurd. Ze wringt zich net zo lang in een bocht tot ze achter zich kan kijken. Dan snapt ze waarom ze niet vooruit komt: de roze vlezige staart van de rat is aan die van haar gebonden, met een sierlijke strik in het midden en een dubbele knoop erbovenop. Ze probeert te gillen, maar er komt geen geluid uit haar keel.

Ophouden! Nu heb ik er genoeg van, roept de rat streng, en nog eens: ophouden!

Wat doe ik dan, wil ze vragen, maar de rat gilt er dwars doorheen, pestkop! Ik heb er genoeg van!

Muis kwam verward overeind. Bleek ochtendlicht viel de kamer binnen. Het bedlampje brandde nog. Het dekbed had ze in haar slaap naar beneden getrapt; het zat in een knoop om haar benen gedraaid. Buiten hoorde ze een doffe klap.

'Als het nu niet ONMIDDELLIJK ophoudt, dan, dan...'

Eindelijk wist ze haar voeten te bevrijden. Ze rolde van het bed af en haastte zich naar het raam.

Beneden was Dantzig bezig op de motorkap van de bus te klimmen. Van daaraf sprong hij op het dak. Hij raapte iets op en gooide het met een zwaai van zich af. Er bleef een vlek achter, die eruitzag alsof er iets op het dak van de bus uit elkaar was gespat. Van zo hoog kon ze niet zien wat het was, maar wel dat er meer van die vlekken zaten.

'WACHT maar!' Dantzig stak woedend een vuist in de lucht. Hij bukte zich en poetste met zorg de vlekken weg. Pas toen het dak weer glom, liet hij zich naar beneden glijden.

'Wat is er?' Recht onder Muis verscheen de kop van Fermer uit een raam.

Muis kon niet verstaan wat Dantzig antwoordde, maar ze hoorde dat hij van boosheid over zijn woorden struikelde. Hij raapte een lap op die naast de bus in het zand lag. Ze herkende de gele bloemetjesstof van het laken dat hier op het bed lag. De lage stem van Fermer antwoordde zacht.

'Hoe bedoel je, niet op letten?' gilde Dantzig er dwars doorheen. Hij klopte vinnig het laken uit en legde het bij de bus op de grond, naast een blauw laken dat er al lag. Met zorg trok hij de hoeken recht.

'Je weet best wat ik bedoel.' Ook Fermer begon harder te praten.

Nieuwsgierig leunde Muis verder naar buiten. Was dat niet haar kamer, waar Fermer uit het raam hing? Met een schok kwam ze overeind. Pas nu dacht ze weer aan de deur. Hoe kon ze dat zijn vergeten!

Haastig schoof ze het raam dicht, rende de kamer door en greep de klink. Soepeltjes ging de deur open. Opgelucht keek ze de gang in. Wegwezen! Ze rende de twee trappen af tot op de eerste verdieping. De deur van haar kamer stond op een kier.

Toen ze binnenkwam deed Fermer net de balkondeuren dicht.

'Muis! Waar was je nou?' Hij keek haar verwijtend aan. 'Ik hoopte zo dat ik vandaag op tijd zou zijn om je ontbijt op bed te brengen.' Teleurgesteld gebaarde hij van het dienblad op het voeteneinde van haar bed naar de plek waar ze had moeten liggen.

'Ik was boven,' zei Muis. Ze raapte haar tas op, die van het nachtkastje op de grond was gegleden. Een van de boeken was er half uitgevallen. Ze duwde het terug in de tas en legde hem op het bed.

'Boven?' vroeg Fermer verbaasd. 'Wat moest je dáár?' Hij pakte het dienblad op en liep naar de deur.

'Ik was benieuwd waar de muziek vandaan kwam.' Muis liep achter hem aan. 'Ik keek gewoon wat rond, en opeens zat ik vast.'

'Vast?' Hij draaide zich geschrokken om. Zijn ogen gleden over haar heen.

'De deur van een kamer klapte dicht, en ik kreeg hem niet meer open.' Ze wees omhoog. 'Het was hier recht boven. Maar daarnet lukte het opeens weer wel.'

'Kind toch!' zei Fermer bezorgd. Met het dienblad voor zich uit liep hij de gang op. Hij tuurde langs de trap omhoog en schudde zijn hoofd.

'Die deur moet zijn dichtgeslagen in de wind, en door de klap is hij stuk gegaan. Ik zal Dantzig zeggen dat hij naar het slot moet kijken,' zei hij, en begon de trap af te lopen.

'En die muziek dan?' vroeg Muis. Ze liep vlak achter hem aan. 'Waar komt die vandaan?'

Fermer haalde alleen zijn schouders op.

'Ik ben blij dat je je niet hebt bezeerd.' In de hal beneden wachtte hij tot Muis de deur van het wachtlokaal voor hem openhield. 'Boven is alles zo lang verwaarloosd... misschien is het maar beter om daar niet te komen.' Hij liep om de bar heen en keek haar aan.

'Toch jammer van dat ontbijt op bed. Misschien morgen!' Hij zette het dienblad met een spijtige zucht op de bar. Er stond een bord op met een stapel pannenkoeken. Muis zocht de minst aangebrande eruit, rolde hem op en werkte hem in een paar happen hongerig naar binnen. Toen ze opkeek, was Fermer al door de klapdeuren verdwenen.

Ze rolde een tweede pannenkoek op en liep ermee naar buiten, op zoek naar Dantzig. Bij de bus zag ze hem niet. Ze liep de hoek om. Misschien was hij in zijn werkplaats. De deur stond op een kier.

'Dantzig?' Ze stak haar hoofd om de deur. Er kwam geen antwoord.

Ze propte de rest van de pannenkoek in haar mond en glipte door de kier het schemerdonker in. Pas toen haar ogen aan het donker begonnen te wennen, zag ze boven zich het lampje bungelen met het koordje. Precies op het moment dat ze eraan trok, gaf iemand haar van achteren een duw. Ze verloor haar evenwicht en viel voorover in de leunstoel. Ze werd bij haar schouders gegrepen.

'Hoe durf je!' gilde een stem, die verdraaid was van woede. 'Hoe durf je hier te komen!'

Muis wilde achter zich kijken, maar ze kon zich niet bewegen omdat haar gezicht tegen de stoel geduwd zat. Ze kreeg bijna geen adem. Met haar volle mond lukte het niet om te schreeuwen. Ze verslikte zich, en begon vreselijk te hoesten.

Iemand trok haar overeind. Eindelijk lukte het haar om haar hoofd om te draaien.

Achter haar stond Dantzig. Zijn ogen waren donker van boosheid.

'Een beetje lopen rondsnuffelen, alsof er niks —'

Hij stopte halverwege zijn zin.

'Múis?!' Hij staarde haar verward aan. Van het ene moment op het andere verdween zijn woede. 'Ben jij het?'

Bedremmeld liet hij haar los en bekeek haar van boven tot onder. 'Wat doe jij hier?'

'Ik liep helemaal niet te snuffelen!' Muis slikte het laatste stukje pannenkoek door en deed verontwaardigd een stap naar achteren. 'Ik was gewoon naar jou op zoek.' Het was of de boosheid van Dantzig naar haar oversprong.

'Maar als je ZO doet, dan HOEFT het al niet meer!' Woedend staarde ze hem aan. Ze deed haar mond open om nog meer te zeggen, maar van boosheid kon ze niet uit haar woorden komen. Ze draaide zich om en liep met grote passen langs hem heen naar buiten.

DIT IS EEN BOMBRIEF! *Als je niet op mijn verjaardag komt, ben je de* ROTSTE *vader die ik ken en dan hoef ik je al niet eens meer te zien. Natuurlijk had ik je weer* NIET *moeten geloven toen je plechtig* BELOOFDE *dat je* DIT KEER SPECIAAL *voor mijn verjaardag thuis zou komen. En waarom liet je zo lang niets horen? Als je wat eerder had geschreven, had ik tenminste niet dagenlang* VOOR GEK *op dat busstation naar je staan uitkijken. Dat ze daar in die slome rimboe geen brievenbus hebben vind ik al helemaal een* ROTSMOES. *En dan nog wat: hier heb je dat suffe verhaal terug. Als het zo moet, dan* HOEFT *het niet meer. Ik heb al lang geen zin meer in dat hele plan. Het is trouwens nog* KINDERACHTIG *ook. Pratende dieren. Weet je eigenlijk wel hoe oud ik word? Ik word* ELF, *niet* VIER *of zo! Maar hoe moet jij dat ook weten, als je hier* NOOIT BENT. *Wat heb ik aan zo'n vader? Als die* STOMME BOOT *van je zo veel belangrijker is,* BLIJF DAN MAAR LEKKER DAAR!*

'Muis! Wacht! Het spijt me!' Dantzig rende achter haar aan. 'Ik heb het niet zo bedoeld!' Vlak voor de hoek haalde hij haar in en versperde haar de weg.

'Ik heb me vergist! Ik dacht even —' Hij zweeg betrapt. Hij klopte wat denkbeeldig stof van haar kleren en trok haar trui recht. 'Ik heb je toch geen pijn gedaan?'

'Wát dacht je even?' Muis zette ongeduldig haar handen in haar zij.

'Ik had het mis. Het spijt me.' Hij knipperde met zijn ogen. 'Het komt van de spanning. Daarvan ga ik raar doen. Het komt...' Hij begon zenuwachtig te giechelen, pakte haar arm en gebaarde in de richting van de bus. Met tegenzin liet Muis zich meeslepen.

'Vandaag ga ik proberen de motor opnieuw in elkaar te zetten!' Pas bij de bus liet hij haar los en maakte een vreemd sprongetje. Op de lakens naast de bus lag de hele motor uitgespreid in losse onderdelen. Muis keek er onwillig naar. Waarom had hij in hemelsnaam alles uit elkaar gehaald? Zóveel deeltjes, dacht ze geërgerd. Hoe kon iemand daar ooit nog wijs uit worden?

'Het spijt me dat ik je zo heb laten schrikken.' Met moeite maakte Dantzig zijn blik los van de lakens. 'Het zal echt niet meer gebeuren. Dat beloof ik plechtig.' Hij legde een poot op haar arm en grijnsde schaapachtig.

'Beloven?' Dat woord liet haar boosheid weer oplaaien. Ze stampte met haar voet in het zand. Dantzig liet haar arm los en deed een stap naar achteren.

'Je hebt anders ook al beloofd dat je die bus zou maken. Of ben je dat soms alweer vergeten?' In haar woede struikelde ze over haar woor-

den. 'En maar opscheppen dat je hem zo aan de praat zou hebben...
moet je nu zien.' Ze knikte verontwaardigd naar de lakens.

'Dat kan toch nooit meer iets worden?' Ze hoorde amper nog wat ze
zelf zei. Dantzig probeerde ertussen te komen, maar ze had helemaal
geen zin om naar hem te luisteren.

'En trouwens, al deed hij het wel. Dacht je dat iemand erover zou pein-
zen om in dat, dat rammelende kóekblik te stappen?!' Ze vouwde haar
armen over elkaar. Benieuwd wat hij daar nog op te zeggen had.

Dantzig zei helemaal niets. Hij keek haar alleen maar aan, met een
vreemde blik. Toen draaide hij zich om, liep naar de voorkant van de
bus, stapte op de kist en verdween met zijn kop onder de motorkap.

Zo hard ik kan stamp ik de vier trappen weer op. Boven staat de voordeur nog op een kier. In de haast om naar buiten te gaan had ik hem open laten staan.

'Ben je daar weer?'

De stem van Mees komt uit de keuken. Met tegenzin loop ik erheen.

'Waar was je opeens?'

'Brief posten.' Ik leun tegen de deurpost en kijk toe hoe ze beslag voor mijn verjaardagstaart uit een kom in een bakvorm giet.

'Aan Wiek?' Mees zet de vorm in de oven en pakt de kookwekker.

'Dat is snel.' Ze kijkt me onderzoekend aan. Ik ontwijk haar ogen. De wekker begint haastig te tikken.

'Wil je de kom uitlikken?' Ze houdt hem omhoog.

Ik schud mijn hoofd en draai me om. In de woonkamer pak ik mijn boek uit de blauwe stoel. Voor Mees nog iets kan zeggen, steek ik snel de gang over en doe de deur van het halve kamertje achter me dicht.

Zo hard ik kan, schop ik de prop papier op de vloer weg. Hij komt tegen de muur en schiet terug, tot bij het voeteneinde van mijn bed. Rotbrief! Ik laat me op mijn bed vallen. Het boek doe ik niet eens open. Ik ben veel te boos om te lezen.

Het zijn allemaal rotbrieven. Allemaal! Het is heus niet voor het eerst dat hij niet doet wat hij heeft beloofd. Woedend trek ik het stapeltje brieven van onder mijn bed tevoorschijn. Hoe vaak daar wel niet in staat dat hij later komt, of eerder weg moet... De ene na de andere brief trek ik tevoorschijn, zo ruw dat er eentje scheurt. Het is een prettig geluid; ik word er nog bozer van. Ik pak een andere en scheur hem doormidden, en nog eens. Ik grijp er een paar tegelijk, trek eraan tot ze stuk gaan, steeds opnieuw, hoe harder ik moet trekken om de stukken door te scheuren, hoe beter, ik kan niet meer stoppen, door die rottranen komen er ook nog vlekken op, ik ga net zo lang door tot er niets over is dan snippers. Mijn bed is ondergesneeuwd.

Ik veeg mijn tranen weg en kijk verdwaasd naar de witte vlokken om me heen. Het is net of ik plotseling wakker word. Wat heb ik gedaan?

Om de ravage niet te hoeven zien, laat ik me achterover vallen. Achter het dakraam vliegt een meeuw voorbij. Ik kan hem horen schreeuwen.

'Lieverd?' roept Mees erdoorheen, vanuit de keuken.

Geschrokken krabbel ik overeind, graai de snippers bij elkaar en prop ze met handenvol in de witte tas die op het voeteneinde ligt. Onder in de muurkast staat een verhuisdoos. Ik begraaf de tas helemaal op de bodem, nog onder de oude knuffels die er al in liggen omdat ik ze toch niet meer nodig heb.

Haastig pak ik mijn boek op, laat me op het bed vallen en doe alsof ik lees.

Muis keek onzeker naar de rug van Dantzig. Zijn staart hing zwaar langs de kist naar beneden. Zijn blik van daarnet had haar boosheid in één klap opgelost. Ze wist opeens niet meer goed waarom ze zo laaiend was geworden.

Een beetje beschaamd staarde ze naar het laken met de onderdelen. Een stuk of wat metalen ringen waren zo grondig schoongepoetst dat ze blonken in de zon. Twee rijen tandwielen lagen keurig boven elkaar. De bovenste rij was geordend van heel klein links naar steeds groter rechts. Eronder lag nog zo'n rij, maar deze liep van groot naar klein, zodat de twee rijen samen een grote rechthoek vormden. Alles was met zorg gerangschikt. Elk onderdeeltje lag precies waar het moest liggen. Hoe langer ze keek, hoe erger ze zich begon te schamen over haar woorden.

Ze bukte zich en pakte het kleinste tandwiel op. Haar pink paste net door het gat in het midden.

'Dantzig?'

Er kwam geen antwoord. Ze liet het tandwiel rond en rond draaien.

'Ik meende niet wat ik zei.'

Geen antwoord. Er kwam een ring van zwarte smeer rond haar pink. Ze legde het radertje terug en liep naar de motorkap.

'Ik geloof heus wel dat het je lukt.'

Hoorde ze wat grommen?

'En ik vind je bus helemaal niet stom. Hij is juist mooi.' Het grommen stopte. Hoopvol deed ze een stap dichterbij. 'Het spijt me. Het kwam van de schrik.'

Er klonk een harde klap onder de motorkap. Dantzig vloekte luid. Geschrokken bleef ze staan.

'Gaat het?' vroeg ze bezorgd.

Met een ruk kwam Dantzig overeind. 'Die rotschroef! Waarom wil-ie nou niet?' Hij keek haar verwilderd aan. Zijn kop zat onder de zwarte vegen. 'Telkens als ik dat ding wil aandraaien, valt hij er weer uit!' Hij zwaaide hulpeloos met zijn schroevendraaier door de lucht, als een dirigent die zijn orkest kwijt was.

Muis klom naast hem op de kist en keek nieuwsgierig over de rand. Ze snoof de lucht op van olie en benzine. Waar de motor moest zitten, gaapte een enorm gat. Dantzig prikte met de punt van de schroevendraaier naar een plaatje metaal dat aan één schroefje hing te bungelen.

'Zal ik het eens proberen?' Muis stak haar hand uit.

'Heb je dan verstand van motoren?' Dantzig keek haar argwanend aan, maar legde het schroefje erin.

Muis deed of ze nadacht en haalde toen haar schouders op. 'Wie weet.' Ze stak haar andere hand uit. Dantzig zuchtte. Met tegenzin liet hij de schroevendraaier los.

Muis boog zich voorover. Dantzig leunde zo ver mee dat zijn snorharen op haar wang kietelden en ze amper het gat voor de schroef nog kon zien. Met het puntje van haar tong bijna tegen haar neus duwde ze de schroef voorzichtig op zijn plaats. Net voor hij er weer uit wilde vallen, kreeg ze hem met de schroevendraaier te pakken. Voorzichtig draaide ze hem vast.

'Moet je dat nou zien!' Dantzig begon van verbazing te giechelen. 'Die dunne vingertjes van jou kunnen er makkelijk bij!'

Muis kwam overeind en keek tevreden naar haar vuile handen. Het laatste beetje oranje op haar vingers was verdwenen onder de zwarte smeer.

'Heb je nog meer van die schroefjes?' vroeg ze.

Dantzig krabde achter zijn oor. 'Nou je het zegt... ik kan vandaag best

een extra stel pootjes gebruiken. Zeker zulke handige als die van jou.'
Zijn ogen glommen alweer. Hij sprong van het kistje en rende naar de
onderdelen. Opgelucht liep Muis achter hem aan, blij dat ze iets voor
hem kon doen. En vooral dat hij niet meer boos op haar was.

Er wordt zacht op de deur geklopt.

'Lieverd?' Mees kijkt door een kier naar binnen. Ik verstop mijn hoofd achter mijn boek. Ze komt op de rand van mijn bed zitten. Het duurt een poosje voor ze iets zegt.

'Wiek zou niets liever willen dan op zijn dochters elfde verjaardag zijn. Dat weet je toch?'

'O ja?' Ik draai me verontwaardigd naar haar toe. 'En waarom ís hij er dan niet?'

'Dat de boot stuk ging, dat is gewoon ontzettende pech. Daar moet hij bij blijven. Zodra het enigszins kan, komt hij.' Ze legt een hand op mijn schouder. Boos schud ik hem af. Ik snap niet waarom ze altijd voor hem op moet komen.

'Je weet toch wel hoe belangrijk het orkest is, en de boot? Niet alleen voor je vader, ook voor ons. En voor de andere muzikanten. Er leven een heleboel mensen van.' Ze wacht even. Ik geef geen antwoord. Dat heb ik al zo vaak gehoord.

'Is dat zijn brief?' Ze wijst naar de prop bij het voeteneinde. 'Mag ik hem lezen?'

Ik haal mijn schouders op. Ze doet maar.

Ze vouwt het papier uit en strijkt het zo goed mogelijk glad. Een tijdje is het stil. Ik hoor de kookwekker in de keuken, en erdoorheen het tikken van de oven die heet wordt.

'Is het mooi?' vraagt Mees als ze hem uit heeft. 'Het verhaal?'

Ik haal nog een keer mijn schouders op. Dit keer omdat ik niet weet wat ik moet antwoorden.

'Mag ik het ook zien?'

'Nee. Het is stom. En kinderachtig.' Dat ik het samen met mijn boze brief heb teruggestuurd hoeft ze niet te weten.

Mees zit een tijdje zwijgend naar me te kijken. Ik kijk stug omhoog, naar de wolken achter het dakraam. De geur van versgebakken taart begint zich langzaam door de kamer te verspreiden.

'We maken er morgen een geweldige verjaardag van.' Ze glimlacht; dat kan ik vanuit mijn ooghoeken net zien. 'En als Wiek thuiskomt, vieren we het gewoon nog een keer.'

Ze vouwt het gekreukelde papier zorgvuldig op.

'Berg deze nou maar op bij de andere.' Ze houdt de brief in de lucht boven mijn navel. 'Voor hij plotseling in brand vliegt, door die gloeiende ogen van je.' Ze glimlacht nog eens en laat hem los. Ik kan hem door mijn T-shirt heen voelen landen, zo zacht dat het bijna kriebelt. Maar na een tijdje voelt het alsof er een steen op mijn buik ligt.

'Wat is dat toch voor lucht?' Dantzig stak zijn neus omhoog en snuffelde aandachtig.

Nu rook Muis het ook. De zoete lucht van vers gebak. Ze kwam overeind en keek om zich heen. De zon was gedraaid en kwam nog maar net boven het dak van het hotel uit. Hoe lang hadden ze eigenlijk gewerkt?

'Voor het te donker wordt kunnen we nog net de contactpunten bijstellen.' Dantzig hield een paar papiertjes op. 'De afstand tussen die dingen luistert nogal nauw. Twee van deze stukjes op elkaar hebben precies de goede dikte, dat heb ik ooit eens uitgezocht.' Hij duwde Muis de papiertjes in handen en wees aan waar ze die precies tussen moest houden.

'Niet bewegen...' Hij steunde van inspanning. 'Zo moet het goed zijn.' Met een fluitend geluid liet hij zijn adem ontsnappen. 'Zie je hoe handig? Haal maar weg! Prachtig spul toch, dat papier.' Hij kwam opgewekt overeind.

Muis haalde haar armen uit de motor. Tot ver over haar ellebogen zaten ze onder de zwarte smeer. Ze sprong van het kistje in het zand en keek met een voldaan gevoel naar de lakens, die bijna helemaal leeg waren. Fermer kwam uit het wachtlokaal met een vol dienblad. Hij liep met kleine snelle passen, alsof hij het maar nauwelijks kon tillen. Zacht rinkelend kwam hij dichterbij.

'Voor vandaag is het genoeg geweest.' Dantzig kwam naast haar staan en veegde zijn poten af aan een smoezelige lap. 'Je hebt me geweldig geholpen.' Hij keek haar vrolijk aan. Plotseling boog hij zich naar haar toe en gaf haar een zoen op haar wang. Zijn snorharen prikten. Muis keek verlegen naar haar handen, die de snippers steeds kleiner probeerden op te vouwen.

Dantzig grinnikte. Hij gaf de lap aan haar door en begon zijn gereedschap op te ruimen. Ze deed haar best om de olie van haar vingers te poetsen, maar ze smeerde de zwarte vlekken alleen nog verder uit.

Fermer schopte met een achterpoot wat schroefjes opzij en zette het dienblad op het bloemetjeslaken. Hij begon ijverig borden en glazen uit te stallen, zodat het laken opeens veranderde in een picknickkleed. In het midden zette hij een grote kan limonade, een bord platte ronde koeken, en een schaal broodjes.

Muis ging met haar rug tegen de bus zitten. Ze pakte een broodje en beet er voorzichtig in. Het was zo hard dat ze er bijna niet doorheen kwam. Dantzig kwam naast haar zitten met twee broodjes, waar hij om beurten in beet. Zijn scherpe tanden hadden er geen enkele moeite mee. Bij elke nieuwe hap knikte hij. Muis schoof haar broodje zo onopvallend mogelijk naar hem door en probeerde een koek. Er zaten noten in.

'Lekker!' Ze keek verrast naar de vos. 'Je kan vandaag al veel beter koken dan gisteren.'

Dantzig propte een notenkoek achter de broodjes aan en gromde instemmend.

'Ik was helemaal vergeten hoe leuk het is om voor gasten te koken.' Een beetje verlegen schonk Fermer de glazen vol en kwam aan de andere kant naast Muis zitten.

'Ik denk erover,' zei hij aarzelend, 'om morgen een diner te geven.' Hij keek aandachtig naar zijn glas, zette het weer neer en leunde achterover. 'Dan maak ik denk ik iets met cantharellen.' Het duurde even voor hij verder kon omdat hij tussendoor moest gapen.

'We zijn vandaag veel harder opgeschoten dan ik dacht.' Dantzig slurpte luidruchtig de rest van zijn limonade op. 'Vanaf nu kan het snel gaan.' Hij likte de binnenkant van zijn glas schoon.

'Ik heb ook een paar potten met kikkererwten gevonden. Misschien kan ik daar wat mee. Of toch linzen? Maar hoe lang moeten die ook weer in de week...' Fermer gaapte opnieuw.

'Gelukkig zijn de zuigerveren nog helemaal in orde. Want ik zou niet weten hoe ik aan nieuwe moest komen.' Dantzig liet zich net als Fermer achterover zakken en begon onmiddellijk te snurken.

Muis at met pikzwarte handen haar derde notenkoek. Het was leuk om Dantzig te helpen. Ze keek naar hem van opzij. Hij leek zo slordig, maar bij de motor wist hij precies wat waar hoorde. Ze had de hele middag geen moment aan iets anders gedacht. Tevreden leunde ze tussen de twee dieren achterover en deed haar ogen dicht. Een tijdlang zei niemand iets.

Fermer was de eerste die bewoog. Zachtjes kreunend kwam hij overeind. 'Er moet vandaag of morgen nodig wat aan de deur van het wachtlokaal gebeuren,' mompelde hij, terwijl hij zich uitrekte. 'Hij viel vanmiddag bijna uit zijn hengsels.'

Dat deed Muis aan de neonverlichting denken. 'Hebben jullie gezien dat niet alle letters het doen?' Ze wees omhoog naar het dak.

'Daarvoor moet je bij Dantzig wezen.' Fermer begon de borden op te stapelen.

'Er zijn er twee kapot.' Muis keerde zich naar Dantzig.

'Hmm...' Zonder zijn ogen open te doen wuifde hij haar woorden weg.

'Misschien dat er daarom geen andere gasten komen,' zei Muis. Opeens herinnerde ze zich dat Dantzig niet kon lezen. 'Weet je eigenlijk wel wat er nu staat, als ze aan zijn? Er staat —'

'Als er twee kapot zijn,' zei Dantzig kortaf, 'dan zijn er drie heel. De meeste doen het dus nog.' Hij sprong overeind, rommelde lawaaiig door de gereedschapskist en verdween in de richting van zijn werkplaats.

Muis keek hem onzeker na. Had ze iets verkeerds gezegd? Ze keek vragend naar Fermer.

'Die verlichting is nogal een gevoelig punt.' Fermer knipoogde naar haar. 'Geeft niks. Is-ie zo weer vergeten.' Hij zette de glazen boven op de rest en liep zacht rinkelend terug naar het wachtlokaal.

De zon was achter het hotel gezakt. Reusachtige schaduwletters kwamen tot vlak voor haar voeten. Besluiteloos stond ze daar. Zou Dantzig nog naar buiten komen? Het verbaasde haar elke keer weer hoe snel hij van stemming kon veranderen. Ze begreep niet wat ze verkeerd had gezegd over die letters. Haar ogen kropen langs de gevel omhoog. Precies op dat moment sprongen de drie letters aan. Ze staken felroze af tegen de avondlucht.

Vlak onder de T waaide een gordijn een stukje naar buiten. Ze kneep haar ogen tot spleetjes. Het was de kamer in het midden, recht boven die van haar... Dan moest het de kamer zijn waar ze vannacht vast had gezeten. Nieuwsgierig keek ze hoe de gebloemde stof langs de balkondeuren naar buiten waaide, en weer terug. Wie had ze opengezet?

Ze keek nog een keer aarzelend in de richting van de werkplaats. Toen haalde ze haar schouders op, draaide zich om en liep haastig naar binnen.

Uit de woonkamer komt het geratel van de naaimachine.

'Wat maak je?' Nieuwsgierig kijk ik om de hoek van de deur.

'Een nagekomen verjaardagscadeautje.' Mees houdt iets wits op. 'Bijna klaar.'

Een nieuwe tas! Precies hetzelfde als mijn oude.

'Ik vond dat je eigenlijk wel gelijk had, gisteren.'

Ik kijk haar niet-begrijpend aan.

'Toen ik naar je tas vroeg.' Ze trekt haar wenkbrauwen op. 'Je zei dat hij zo versleten was dat je hem daarom niet meer gebruikte.'

Ik knik, een beetje aarzelend. Wat ik tegen haar had gezegd was niet de hele waarheid.

'Hij was ook wel op. Je hebt hem al zo lang.' Ze glimlacht. 'En jou zonder je tas zien, dat is gewoon… vreemd.' Ze knipt een paar losse draadjes af en keert de tas binnenstebuiten. Ik sta er ongemakkelijk naar te kijken. En tegelijk word ik er blij van. Ik sla mijn armen om haar nek en geef haar een zoen. Ze kijkt me van opzij aan.

'Grote dochter van me… ik kan bijna niet geloven dat het al elf jaar geleden is dat we jou kregen.'

'Elf jaar en vier dagen.' Ik ga in de blauwe stoel zitten, blij dat ze van onderwerp verandert. 'Vertel nog eens over hoe ik kwam?' Ik trek mijn benen op.

Mees kijkt naar het plafond en zucht overdreven, maar ze glimlacht erbij. Dat verhaal heeft ze al honderd keer verteld.

'Ik mocht invallen in een koor dat net aan een tournee was begonnen, samen met het orkest waar je vader in speelde. Maar die ken-

96

de ik toen nog niet.' Haar handen beginnen het hengsel vast te spelden. Het is prettig om naar haar vingers te kijken. Ze bewegen handig en vlug.

'De enige die ik een beetje kende, was Malakoff. Hij kwam me ophalen van het station in Parijs. Hij had een collega bij zich.' Ze legt de stof onder de machine en buigt zich naar voren. 'Dat was Wiek.' De machine ratelt.

'Toen het koor naar huis ging, ging zijn orkest nog verder op tournee. Maar een paar weken later –'

'Je vertelt het veel te kort,' roep ik verontwaardigd. 'Zo is er niks aan!'

'Voor de uitgebreide versie heb ik echt geen tijd nu! Ik wil zo nog even naar het nieuwe huis om de kozijnen op te meten.' Ze haalt de tas onder de naald uit en legt hem er omgekeerd weer onder.

'Maar je slaat alle leuke dingen over!' protesteer ik.

Ik bedoel de romantische stukken. Over liefde op het eerste gezicht, en dat ze samen door de straten zwierven van alle steden waar ze kwamen. Dat ze eindeloze wandelingen maakten, en dat Wiek dan vertelde over zijn plannen om zelf een orkest te beginnen.

Maar Mees is onverbiddelijk.

'Toen hij een paar weken later op mijn stoep stond, hadden we allebei nieuws. Hij vertelde dat hij zijn baan bij het orkest had opgezegd en een oude boot had gekocht die hij ging opknappen.' Ze trapt het pedaal in en de machine ratelt.

'En ik vertelde dat jij eraan kwam.' De machine ratelt opnieuw.

'Malakoff was een van de muzikanten die de overstap naar het nieuwe orkest aandurfde. Omdat we zo weinig geld hadden, bood hij aan dat we hier op de zolder van zijn huis mochten wonen. In ruil zou ik dan voor het huis zorgen en voor de andere huurders, als hij op reis was. Zo konden we het net redden.' Ze knipt de laatste draad door en houdt de tas omhoog.

'Klaar!' Ze gooit hem met een boogje naar me toe. Hij landt keurig op mijn schoot. Met het snoer van de naaimachine in haar handen kijkt ze me opeens ernstig aan.

'Snap je waarom hij die boot niet zomaar in de steek kan laten? En dat dat niet betekent dat die boot belangrijker is dan jij?'

Daardoor moet ik weer denken aan mijn boze brief. Zou Wiek hem al hebben gekregen? Nog iets wat ik Mees niet heb verteld. Eerst was er mijn verjaardag, en het feest, en daarna... schaamde ik me ervoor. Eigenlijk heb ik er al spijt van. En waarom had ik het verhaal mee teruggestuurd? Ik had het in mijn woede niet eens goed gelezen. Ik hoop maar dat hij het bewaart. Of terugstuurt. Als hij tenminste ooit nog terugschrijft.

Mees staat in de gang. Ze steekt haar hoofd om de deur. Zal ik het nu vertellen? Aarzelend doe ik mijn mond open.

'Ik ga gauw even.' Ze heeft haar jas al aan. 'Vanmiddag wordt de rest van de verhuisdozen gebracht. Blijf je thuis tot ze er zijn?' Ze zwaait haastig. Haar hoofd verdwijnt zonder op mijn antwoord te wachten.

'Mam?' roep ik als ik de voordeur open hoor gaan.

Haar hoofd verschijnt weer.

'Dankjewel voor de tas.' Ik heb hem omgehangen zoals anders. Het hengsel schuin over mijn borst.

'Al goed.' Ze knipoogt vrolijk. 'Ik ben blij dat ik je nu weer helemaal herken.'

Muis duwde de klink naar beneden en wachtte. Toen er niets gebeurde, deed ze de deur op een kier en gluurde naar binnen. Het raam was dicht. Er was niemand. Verbaasd duwde ze de deur verder open en stapte naar binnen.

Het dekbed lag slordig aan het voeteneinde van het bed, precies zoals ze het vanmorgen had achtergelaten. Er was nergens een teken dat hier een paar minuten geleden nog iemand was geweest. Of had ze zich in de kamer vergist? Maar ze had het duidelijk gezien: het was de middelste kamer, recht boven die van haar.

Ze liep de gang in en opende de volgende deur. Er zat net zo'n kamer achter, met dezelfde stoffige meubels. Alles zag eruit alsof er in tijden niemand was geweest. Ze haalde haar schouders op, sloot de deur en liep naar de volgende. Nu kon ze in elk geval even kijken waar die piano nou stond.

Achter elke deur was een kamer met dezelfde gele bloemetjesmeubels. Alle bedden waren glad opgemaakt en onbeslapen. Overal lag een dikke laag stof, en nergens vond ze een piano. Stond hij dan toch een verdieping lager?

Zachtjes liep ze de trap af. Op de tweede verdieping waren de meubels in elke kamer groen in plaats van geel, maar net zo stoffig. En ook hier stond nergens een piano. Verbaasd liep ze naar beneden. Voor de vorm maakte ze ook een rondje over de eerste verdieping, langs kamers die allemaal net zo roze waren als die van haar. Dat ze hier geen piano vond, verbaasde haar niet. Het geluid was duidelijk van ergens boven gekomen.

Als er hier iemand is die pianospeelt, dan doet die wel erg zijn best om niet gevonden te worden, dacht ze teleurgesteld. Ze trok de laatste deur achter zich dicht en liep naar haar kamer. Ze knipte het lampje bij het bed aan en staarde op haar smeerhanden.

Ik ga in bad, dacht ze. Daar word ik altijd vrolijk van. In de badkamer zette ze de kranen wijd open. Haar kleren gooide ze over een stoel. Met een plofje viel de sleutel uit haar broekzak, en nog iets. Ze bukte zich en raapte twee kleine propjes op. De papiersnippers van Dantzig, die ze vergeten was terug te geven.

Ze ging op de rand van het bad zitten en vouwde de papiertjes open. Op het ene was met blauwe pen geschreven, op het andere met potlood. Door de kreukels en de smeervlekken die haar vingers erop hadden gemaakt, waren ze moeilijk te lezen.

prachtig
de wolken te
mijn hoofd maa
wijs van het trappenloperslied
onzichtbare wereld. Wist j
kan? Het hielp trouwe
Onze dans w
achter m

 begrijpt. Dus wa
 vier keer voordat
 oor mij! Tenslotte ben
 wee driftkoppen die beter

Het handschrift leek op allebei de snippers hetzelfde. Wat een vreemde g... hij zag eruit als een brilletje op zijn kant met een zwierig koordje eraan. Het was een letter die je eigenlijk alleen in boeken tegenkwam. Wie schrééf er nou zo'n g?

Het bad begon vol te lopen. Ze stopte de papiertjes weer in haar broek en legde hem terug op de stoel. Vreemd eigenlijk, dacht Muis, terwijl ze zich in het warme water liet zakken. Dantzig kon niet lezen of schrijven... Ze pakte een stuk zeep en probeerde de zwarte smeer van haar armen te schrobben. Hoe was hij dan aan dat papier gekomen? Ze legde de zeep weg en draaide de kranen dicht. Toen het geklater ophield, hoorde ze in de verte de piano.

Dit keer was het niet het liedje dat omhoog en omhoog ging. Dit keer klonk het anders. Alsof iemand een nieuw stuk instudeerde. Telkens een paar maten, eerst de ene hand, dan de andere, en daarna samen. Net zo lang tot het goed ging, en dan het volgende stukje. Zo deed ik het ook altijd, dacht Muis. Hoe meer de losse stukjes aan elkaar groeiden, hoe duidelijker er een melodie tevoorschijn begon te komen. De muziek gaf haar een prettig gevoel. Zonder na te denken zong ze een stukje mee.

Verbaasd luisterde ze naar zichzelf. Hoe wist ze dat die melodie zó ging? Opeens kreeg ze een idee. Haastig kwam ze overeind, griste een roze handdoek van een stapel en sloeg hem om. Ze pakte haar tas van het bed, schudde de boeken eruit en telde ze. Voor de zekerheid telde ze nog een keer. Allebei de keren waren het er acht. Gisterochtend in de hal had ze negen boeken geteld. Er was er eentje weg.

Toen ze vanmorgen beneden kwam, had haar tas op de grond gelegen. Misschien was die deur boven toch niet per ongeluk dichtgeklapt vannacht. Misschien had iemand hem met opzet dichtgedaan om ongestoord in haar kamer rond te kunnen kijken. Misschien had die iemand een muziekstuk uit haar tas gepakt.

Misschien, dacht ze hoopvol terwijl ze de roze pyjama van het bed pakte, deed die iemand toch niet zo heel erg zijn best om niet gevonden te worden. Ze schoot de pyjama aan en deed de deur open. Pas toen merkte ze dat de muziek was opgehouden. Tegen de deurpost geleund wachtte ze of hij weer zou beginnen.

In de stilte hoorde ze hetzelfde zoemende geluid als vannacht. Alsof er in de verte een machine begon te draaien. Het gonsde door de gang.

Tien tellen, vijftien... Net als de vorige keer. Vlak nadat het ophield, klonk er gedempt een klap. Alsof ergens ver weg een deur werd dichtgeslagen, of een luik. Daarna was het weer stil.

Vannacht had ze het boven gehoord, op de derde verdieping. Hoe kon ze hier beneden datzelfde geluid horen? Plotseling geërgerd gooide ze de deur achter zich dicht en liet zich op haar bed vallen. Ze begon meer dan genoeg te krijgen van al dat zoeken zonder iets te vinden, en van vragen waar geen antwoord op kwam. Als ik niet eens een piano in een leeg hotel kan vinden, dacht ze wanhopig, hoe moet het dan met belangrijke dingen? Hoe krijg ik dan ooit mijn geheugen terug?

Ze staarde naar de tas op het kussen naast zich en dacht aan haar naam. Die was eigenlijk zomaar teruggekomen, zonder dat ze er haar best op had gedaan. Wat had Dantzig toen ook weer gezegd? Iets over niet zoeken wat je zoekt, of was het andersom?

Misschien, dacht Muis, is het met andere dingen wel net als met mijn naam. Ze sloeg een deken om haar schouders en rolde zich op. Misschien lukt het beter om iets te vinden als ik ophou ernaar te zoeken.

Hoe meer paars er op de muur komt, hoe donkerder het wordt. In de verfwinkel leek paars me een warme kleur, maar hier in het souterrain maakt hij mijn kamer alleen maar somber. Zeker nu de zomer al lang voorbij is. Of denk ik dat alleen omdat alles ook somber ís?

Duif doet de grote stukken met een roller, ik doe met een kwast-je de randjes waar de roller niet bij kan. We zijn pas halverwege. Duif vangt mijn aarzelende blik op. Ze doet een stap naar achte-ren. 'Hij moet eerst drogen,' zegt ze. 'Dan wordt hij misschien wat lichter.' Ze hangt de roller in de verfemmer.

'Ik ga even boven kijken,' zegt ze. Ik knik, en loop stilletjes achter haar aan. Boven in de woonkamer zit Mees tussen de verhuis-dozen. Ze pakt iets uit een doos, houdt het in haar hand en blijft ernaar staren. Zo gaat het al een tijd. Soms legt ze het gewoon weer terug.

'We hadden niet moeten verhuizen,' zegt ze als Duif naast haar gaat zitten. 'We hadden daar moeten blijven.'

Dat zegt ze ook telkens.

'Het kon niet anders. Alles was al geregeld.' Duif pakt het vaasje uit haar hand en zet het op tafel. 'Hier is het beter. Die zolder, daar barstten jullie uit.'

'Op die zolder was het net of Wiek nog thuis kon komen. En hier…' Ze pakt opnieuw iets uit de doos. Zonder het uit de kran-ten te pakken zet ze het op tafel, naast de vaas.

'Ik blijf maar denken, hij ging zo váák zwemmen. Dat ging altijd goed. Waarom nu dan niet?'

'Waarom gebeurt een ongeluk?' Duif gaat naast haar zitten en begint het krantenpapier af te wikkelen. 'Het weer was plotseling omgeslagen. Misschien heeft hij dat niet zien aankomen. En niemand wist dat hij was gaan zwemmen.' Ze zet een tweede vaasje naast het eerste.

'Jezelf dat soort vragen blijven stellen…' Duif maakt een prop van de krant en gooit hem in de doos. 'Daar schiet niemand iets mee op. Jullie allebei niet.'

Zo stil mogelijk loop ik de trap weer af. Mees heeft gelijk. Wiek ging altijd zwemmen. Hij kon toch goed zwemmen? Waarom was het dit keer misgegaan?

Ik weet wel een antwoord. Ik probeer er niet aan te denken, maar steeds opnieuw kruipen mijn gedachten vanzelf die kant op. Er moest iets zijn gebeurd waardoor hij niet goed had opgelet. Niet zo goed als anders. Het kon toch geen toeval zijn? Dat ik net die brief had gestuurd? Dat hij net nu…

Ik pak mijn kwast weer op.

Had ik maar wat langer gewacht met antwoorden. Dan was ik niet meer zo boos geweest. Of dan waren ze al vertrokken uit de haven voor mijn brief op het postkantoor was aangekomen. Dan was hij daar veilig blijven liggen.

De eerste paar maanden hoopte ik dat nog. Dat hij hem niet had ontvangen. Als een brief die poste restante is gestuurd niet binnen drie maanden wordt opgehaald, stuurt het postkantoor hem terug naar de afzender; dat weet ik precies. Ik heb zo vaak een brief van mezelf aan Wiek teruggekregen omdat hij hem niet had opgehaald. Maar het is nu al bijna vier maanden na het ongeluk, en mijn brief is niet teruggekomen. Ik klem mijn kiezen op elkaar en doop de kwast hard in de pot verf. Een paarse klodder spat over de rand.

Boven mijn hoofd gaat de bel. Ik hoor Duif naar de deur lopen. Een stem mompelt zacht iets. Ik kan niet horen wie het is. Zeker bezoek voor Mees. De voetstappen van Duif komen even later weer de trap af. Bij mijn deur blijven ze staan. Waarom komt ze niet binnen?

'Mooie kleur,' zegt een hese stem. Van schrik laat ik de kwast uit mijn handen vallen.

'Meiske toch! Laat ik je schrikken?' In plaats van Duif staat Malakoff in de deuropening. Hij glimlacht en doet voorzichtig een stap naar binnen.

'De deur stond open,' zei een stem, 'anders had ik wel geklopt.' Het was een stem met een geur eromheen. Muis krabbelde met een zwaar hoofd overeind.

'Ik hoop niet dat ik te vroeg ben.' Fermer stond voor haar bed en hield triomfantelijk een dienblad op. 'Maar dat komt, ik wilde ook niet wéér te laat zijn.' Hij zocht om zich heen naar een geschikte plek om het neer te zetten.

'De deur stond open?' Muis voelde met één hand op het kussen naast zich. De tas lag er nog. Ze wreef over haar wangen en schudde haar hoofd, in de hoop het zware gevoel kwijt te raken.

'Wijd open, ja.' Fermer zette het dienblad boven op haar benen en schonk thee in een kopje. Muis snoof de geur op van pepermunt. Zelfs die kon het nare gevoel niet verjagen. Waarom voelde ze zich toch zo, zo... treurig?

'Ik wist niet precies waar je trek in zou hebben.' Fermer deed een stap naar achteren en keek zorgelijk naar het geheel. 'Misschien dat je van roereieren houdt, maar voor de zekerheid heb ik er ook een paar gekookt. En ik heb brood gebakken, één gewoon en één met honing.' Ze knikte en probeerde te glimlachen. Misschien had ze naar gedroomd. Maar kon je zo treurig worden van alleen een droom?

Het brood was maar aan één kant te donker, en het roerei was niet eens te zout. Maar ze had gewoon helemaal geen trek.

'Je wordt elke dag beter,' zei ze, en nam met moeite nog een hap.

'Dit is nog niets!' Fermer ging op de rand van het bed zitten. De thee gutste over de rand van haar kopje, maar hij merkte het niet. 'Bij het diner wordt het pas echt serieus...' Hij staarde dromerig voor zich uit.

Muis schoof het roerei heen en weer over haar bord en deed of ze at. 'Ik twijfel tussen een drie- of een viergangenmenu. Wat denk jij?' Voor ze kon antwoorden, sprong hij op. 'Vier denk ik. Dan telt het pas echt mee.' Hij keek haar geschrokken aan. 'Ik moet nodig aan de slag!' Op weg naar de gang maakte hij een paar danspasjes en gooide de deur met een zwierig gebaar achter zich dicht.

Opgelucht schoof Muis het dienblad van zich af. Ze pakte haar tas en telde de muziekboeken. Zeven. Als ze de tas niet ergens verstopte, waren ze straks allemaal weg. Ze keek de kamer rond. In het slot van een grote klerenkast stak een kleine sleutel. Ze gleed uit bed en legde haar tas erin. Zelfs aan de binnenkant van de kast zat bloemetjes-behang. Ze draaide de sleutel om en stopte het sleuteltje in haar broek-zak. Misschien kan ik Dantzig gaan helpen, dacht ze terwijl ze zich aan-kleedde. Dan ga ik me vanzelf weer beter voelen. Ze pakte het dien-blad en liep voorzichtig de trap af.

Het wachtlokaal was leeg. Met het dienblad duwde ze de klapdeuren achter de bar open. In het midden van de keuken stond een grote tafel vol schalen en kommetjes. Erboven hing een rij pannen te glimmen in de zon. Op het fornuis pruttelde iets dat in de verte naar chocola rook. Fermer zag ze nergens.

Muis zette het dienblad op het aanrecht en draaide zich verbaasd om. Daar was de piano weer. Hier in de keuken klonk hij hol. Met gespitste oren liep ze een rondje, om te horen van welke kant het geluid kwam. In de buurt van de klapdeuren werd het sterker.

Links ernaast zat een metalen luik in de muur. '50 KG. MAX.' stond er met zwarte letters op. Het voelde koud aan toen ze haar oor ertegen legde. Meteen hoorde ze de piano veel duidelijker. Ze herkende het stuk van gisteravond, maar nu zaten er geen fouten meer in. Ja, zo klopt het, dacht ze, en begon vanzelf te glimlachen. Wat kon die pianist goed spelen... Met haar ogen dicht bleef ze even staan luisteren. Voor het eerst die ochtend begon het zware gevoel op te trekken.

Onder aan het luik zat een groot handvat. Op de muur ernaast zat een knop met een klein rond lampje erboven. Ze trok aan het handvat. Er kwam geen beweging in het luik. Ze duwde op de knop, maar er gebeurde niets. Zelfs het lampje ging niet branden.

'Daar heb ik niks aan!' Achter de klapdeuren hoorde ze de schelle stem van Dantzig dichterbij komen. 'Je hebt het beloofd!'

'Jammer genoeg wel ja.' De lage stem van Fermer baste erdoorheen. 'Maar vroeger of later wordt het vanzelf wel duidelijk.' Hij kwam de klapdeuren door.

'Later is meer dan vroeg genoeg.' Dantzig zat hem op de hielen. 'Hoe later hoe beter. Jij wilt toch ook niet dat —' Hij stopte midden in zijn zin.

'Muis!' zeiden ze in koor, hoog en laag tegelijk. Ze keken haar zo sullig aan dat ze in de lach schoot. Fermer haastte zich naar het fornuis om in het pannetje te roeren. Dantzig knipoogde naar Muis en graaide een handje noten uit een schaaltje. Fermer draaide zich om en sloeg naar hem met een doek, maar Dantzig ontweek hem handig en glipte door de achterdeur naar buiten. Fermer keek hem hoofdschuddend na.

'Nog bedankt voor het ontbijt op bed.' Muis wees naar het aanrecht. Opeens merkte ze dat haar eetlust terug was. Ze liep naar het dienblad en smeerde dik kersenjam op een honingboterham. Fermer knikte tevreden en neuriede een wijsje. Het leek of hij net de goede toon niet kon vinden. Het was meer een soort brommen.

'Ik denk dat ik toch drie gangen maak, en dan met iets vooraf,' zei hij. Hij pakte een kookboek en bladerde erin. 'Vier is misschien toch net iets te veel van het goede.'

Het neuriën begon weer, nog valser dan daarnet. Maar ondanks dat herkende ze het. Het was het liedje dat de piano in het begin had gespeeld. Dus Fermer hoorde het óók!

'Wat vind je van een quiche vooraf? Dat klinkt zo chic.' Fermer pakte een ander boek van de stapel.

'Klinkt lekker.' Muis slenterde naar de klapdeuren. 'Wat is dit eigenlijk voor een luik?' vroeg ze.

Fermer keek met een frons op van zijn boek.

'Luik...?' Hij staarde afwezig in de richting die ze aanwees.

'O – dat is een oude goederenlift.'

Een lift? Erg groot was hij anders niet, voor een lift. Ze vroeg zich af of er iemand in zou passen.

'Kan hij niet open?'

Fermer sloeg een bladzijde om en haalde alleen zijn schouders op.

'Is hij kapot of zo?' Ze stak het laatste stukje brood in haar mond.

'Geen idee. Ik heb 'm nooit uitgeprobeerd.'

'Waarom niet?'

'Gewoon – nooit nodig gehad.' Om Muis een plezier te doen keek hij iets langer. 'Op elke verdieping zit zo'n luik. Misschien staat het ergens open. Dat kan altijd maar op één plek tegelijk. Voor de quiche twijfel ik tussen brooddeeg of bladerdeeg. Wat denk jij?' Hij sloeg een derde boek open en verzonk in gepeins.

Op elke verdieping? Muis dacht verbaasd aan haar zoektocht langs de gangen boven. Had ze daar dan overheen gekeken?

In de stilte hoorde ze de piano weer zachtjes beginnen. Ze draaide zich om en duwde de klapdeuren open.

'Of hou je meer van zandtaartdeeg?' riep Fermer haar na.

'Lila. Mooie kleur.' Malakoff raapt de kwast op en geeft hem aan. Er blijft een paarse vlek achter op de krant.

'Vind je?' Ik doe een paar passen naar achteren. Lila – dat klinkt mooier dan paars. Met in mijn hoofd het andere woord bekijk ik de muur opnieuw. Malakoff komt naast me staan en knikt. Ik ben blij om hem te zien. Sinds de begrafenis en de verhuizing er vlak na ben ik niet meer bij hem geweest.

'Ik kom net terug van de boot.' Hij legt even een hand op mijn schouder, en gaat dan op de rand van mijn bed zitten. Er ligt een stuk plastic overheen tegen de verf. Het kraakt als hij beweegt.

'Je moeder had me gevraagd om de zaken daar voorlopig te regelen, zolang haar hoofd er niet naar staat. Over een tijdje zal ze er zelf nog wel een keer heen moeten. Ik heb ook de muziekspullen van je vader opgehaald.' Hij kijkt me aan met zijn heldere grijze ogen, die overal doorheen lijken te zien. Om ze te ontwijken ga ik verder met schilderen waar ik gebleven was. Ik doe mijn best om niet op de plint te knoeien.

'Ik heb iets voor je meegenomen.' Hij steekt een hand in zijn binnenzak. Nieuwsgierig kijk ik op. Het plastic ritselt mee als hij een pakje tevoorschijn haalt. Ik herken het onmiddellijk. Het zijn de brieven die ik aan Wiek heb geschreven. In een keurig stapeltje, met twee elastiekjes eromheen.

'Die lagen in zijn kast. Op de boot.' Hij gebaart ermee in mijn richting. Ik aarzel. Misschien zit mijn boze brief er wel tussen. In plaats van het stapeltje aan te pakken, wijs ik met mijn kwast naar de tafel naast mijn bed.

Malakoff kijkt alweer naar me met die röntgenstralen van hem en klopt dan op het plastic naast zich. Met tegenzin zet ik de kwast in de verfpot en ga naast hem zitten.

'Ik vond ze zo, met de elastiekjes eromheen. Grappig eigenlijk.' Hij draait het pakje rond in zijn grote handen. 'Wiek was zo slordig met alles. Om gek van te worden.' Hij glimlacht. 'Behalve met dingen die hij echt belangrijk vond. Zijn muziekspullen. Jouw brieven.' Hij legt het stapeltje op het plastic tussen ons in.

Ik knik maar zo'n beetje. Malakoff denkt natuurlijk dat hij me helpt, maar ik ga me steeds rotter voelen. Ik moet denken aan mijn oude witte tas, die ik nog steeds niet uit de verhuisdoos heb gehaald.

'In elke nieuwe haven ging Wiek altijd zo snel mogelijk naar het postkantoor. Als hij terugkwam, kon je aan zijn houding zien of er post van jou lag.' Malakoff kijkt me aan van opzij. 'Hij las ons wel eens een stukje voor dat hij grappig vond, of mooi verteld. Dan was-ie zo trots…'

Behalve op die laatste brief dan, denk ik meteen. Malakoff moest eens weten.

Het blijft een tijdje stil.

'Speel je nog wel eens piano?' vraagt hij opeens. Ik schud mijn hoofd, maar ik zeg niks, omdat ik niet weet hoe ik het moet uitleggen. Dat ik er geen zin meer in heb, omdat Wiek het niet meer kan horen. Hij knikt bedachtzaam, alsof ik toch iets hardop heb gezegd.

'Pianoles of niet, ik hoop dat jullie verhuizing niet betekent dat je nooit meer langskomt.' Hij steekt zijn hand uit. 'Zó ver is het nou ook weer niet; zelfs mijn stramme benen lopen het in minder dan een kwartier.'

Ik kijk naar zijn gele vingers en leg mijn paarse hand in de zijne.

Zijn hand voelt ruw en toch zacht. Hij legt zijn andere hand eroverheen. Dat is zo'n vriendelijk gebaar… opeens wil ik hem alles wel vertellen. Maar op het moment dat ik mijn mond opendoe, hoor ik voetstappen de trap af komen. Duif kijkt naar binnen en zegt iets over thee die klaar is en Mees die dingen met Malakoff wil bespreken.

Hij knijpt even in mijn hand voor hij loslaat. Dan staat hij op. Bij de deur kijkt hij nog een keer om.

'Als je weer wilt spelen, kom hoor! Tegen wie moet ik anders schelden en streng doen?' Hij knipoogt en trekt de deur achter zich dicht.

Ik blijf naar het pakje zitten kijken tot ze de trap helemaal op zijn geklommen. Pas dan pak ik het voorzichtig op. Het elastiek zit zo strak dat het onder mijn vingers wegschiet. Snel blader ik door het stapeltje enveloppen.

Hij zit er niet tussen.

Voor de zekerheid haal ik alle brieven uit hun enveloppen. Elk papier draai ik twee keer om. De brief die ik niet had willen schrijven, kom ik niet tegen.

Ik weet niet of ik blij moet zijn of juist niet.

Zou het kunnen dat hij gewoon nooit is aangekomen? Dat kan toch gebeuren? Hoopvol laat ik die gedachte door mijn hoofd spelen. Het nare gevoel trekt opeens een beetje op. Brieven raken overal zoek, dat hoor je zo vaak!

Of nee. Hij heeft hem natuurlijk weggegooid. Zo'n afschuwelijke brief ga je toch niet bewaren? Het rotgevoel nestelt zich weer op zijn vertrouwde plek.

Bijna had ik Malakoff alles verteld! Haastig stop ik de brieven weer in hun enveloppen. Voor ik het wist zou hij het aan Mees vertellen… terwijl het toch al zo slecht gaat met haar. Ik doe het eerste elastiekje weer om het stapeltje.

Met Malakoff in de buurt weet ik bijna zeker dat ik mijn geheim niet lang kan bewaren. Spijtig luister ik naar de stemmen boven mijn hoofd. Het tweede elastiekje knapt doormidden en tikt gemeen tegen mijn vingers.

Ik denk dat ik voorlopig maar beter uit zijn buurt kan blijven.

Nu ze wist waar ze naar moest zoeken, zag ze het meteen. Het luik zat schuin tegenover de trap, op de eerste verdieping. De voorkant was bekleed met hetzelfde hout als de onderste helft van de muur, daardoor viel het nauwelijks op. Er zat een klein koperen handvat op. Ze trok eraan, maar er was geen beweging in te krijgen.

Op de tweede verdieping zat net zo'n luik op precies dezelfde plek. Ook hier gaf het geen millimeter mee. Ze legde haar oor ertegen. De pianist was aan een nieuw stuk begonnen. Dat kwam vast uit het boek dat vannacht was verdwenen.

Bij het luik op de derde verdieping was het geluid nog beter te horen. Geen twijfel mogelijk; ze kwam steeds dichter bij de piano. Hij móest ergens boven zijn. Met haar rug tegen het luik geleund probeerde ze na te denken. Hoe kon de muziek uit een lift komen?

Ze hoorde hoe telkens hetzelfde loopje werd gespeeld.

Als ik dat luik open kon krijgen, dacht ze, dan kon ik zien waar hij naartoe gaat.

Weer datzelfde loopje. Degene die speelde, struikelde elke keer op precies hetzelfde punt. Zonder nadenken floot Muis een stukje mee. De piano stopte abrupt.

Muis schrok. Had de pianist haar gehoord?

Ze aarzelde, en floot het toen nog een keer, wat harder nu. Gespannen wachtte ze af. Langzaam speelde de piano het na, precies zoals zij het had voorgedaan. Eén keer; daarna bleef het stil.

Muis schoot van verbazing bijna in de lach. Ze sloeg haar hand voor haar mond en hield haar adem in. Het leek of ze heel zacht voetstappen hoorde. Ze kreeg het gevoel dat er iemand stond te luisteren, ergens niet ver weg.

'H- hallo?' Ze fluisterde het meer dan dat ze het zei. Ze schraapte haar keel. 'Hallo!' Dit keer galmde het door het trappenhuis. 'Is daar iemand?' Haar vraag bleef midden in de lucht hangen. Er kwam geen antwoord. De stilte maakte haar zenuwachtig. Van het ene moment op het andere stond er kippenvel op haar armen. Op haar tenen liep ze achteruit, weg van het luik. Bij de trap draaide zich om en struikelde naar beneden. Snel, de volgende...

Ze was de gang van de eerste verdieping al overgestoken, toen de piano weer begon. Met haar voet op de bovenste trede bleef ze staan luisteren. Het loopje klonk beter nu. Daar heb ik bij geholpen, dacht ze verwonderd.

Vanuit de hal beneden kwam het licht haar tegemoet. Ze wreef over haar armen om ze warm te krijgen. Haastig liep ze de laatste trap af, de hal door, de zon in.

'Waarom ga je na het eten niet lekker even naar buiten? Het is prachtig weer!' Duif komt de keuken binnen. Ik kijk verstoord op van mijn boek, dat voor me op de keukentafel tegen de fruitschaal leunt. Sinds wanneer is er iets mis met lezen? Dat is het enige voordeel van een saaie zomervakantie: lekker veel lezen. Het beste zijn boeken waar je zo goed in kunt kruipen dat je alles om je heen vergeet.

'Al dat binnen zitten kan nooit goed zijn.' Ze haalt het brood tevoorschijn en een paar borden, en begint te smeren. 'Zo duurt het alleen maar langer voor Mees terug is.'

'Buiten is niks te doen. Iedereen is op vakantie.' Mijn benen plakken aan de zitting van de keukenstoel. 'En het is trouwens veel te warm.'

Ik buig me dieper over mijn boek. Ik ben net aan het laatste hoofdstuk begonnen, dus ik wil verder lezen. Hoewel ik het nu al jammer vind dat het straks uit is.

Bij een heel mooi boek wacht ik soms een hele tijd voor ik het einde lees. Omdat ik er niet uit wil. Dan ben ik bang dat het verhaal gewoon verder gaat zonder mij. En tegelijkertijd snap ik niet goed hoe ik iets kan missen dat eigenlijk niet bestaat.

'Of weet je wat? Speel nog eens een mooi melodietje voor je oma.' Ze zet een bord met boterhammen tussen ons in en komt tegenover me zitten.

Ik neem een flinke hap, zodat ik voorlopig geen antwoord hoef te geven.

'… toch zo zonde dat je dat nooit meer doet.' Duif pakt een appel van de fruitschaal en begint hem te schillen. In de gang kleppert de brievenbus. Ik kan het niet laten om te gaan kijken, ook al weet ik best dat het nog te vroeg is voor post van Mees. Ze is pas twee dagen weg. Er ligt alleen een reclamefolder op de mat. Toch een beetje teleurgesteld loop ik terug.

'Heb je ook geen les meer van die aardige man, die vroeger onder jullie woonde, hoe heet hij ook weer…' Duif snijdt de appel in vieren. 'Mazzeltof?'

Ik schud mijn hoofd en pak een nieuwe boterham.

'Je vader zou het zo jammer hebben gevonden, als hij wist dat je geen –'

'Duif! Laat me nou!' Boos spring ik overeind en graai mijn boek van tafel. De rest hoef ik niet meer te horen. Ik roffel de trap af en gooi de deur van mijn kamer achter me dicht. Waarom laat ze me niet met rust? Ik schop zo hard mogelijk tegen de emmer met oranje verf en laat me in de blauwe stoel vallen. Ik doe mijn best om verder te lezen, maar door wat Duif zei, moet ik steeds aan Malakoff denken.

Het is al meer dan een half jaar geleden dat hij de brieven van Wiek kwam brengen. En al die tijd ben ik niet één keer bij hem op bezoek geweest…

Geërgerd klap ik mijn boek dicht. Waarom moest Mees ook zo nodig naar de boot? Net nu het begon te lukken om niet meer steeds aan vorig jaar te denken.

Er wordt geklopt. Duif komt binnen en zet zonder iets te zeggen een bordje fruit op de armleuning. Stukjes appel, aardbeien, druiven. Een voor een pik ik eerst de druiven ertussenuit. Met haar armen over elkaar blijft ze naar me staan kijken.

'Zo ben ik aan mijn bijnaam gekomen.' Ze wijst met haar kin naar het bord. 'Dat heb jij op je geweten.'

Ik kijk haar niet-begrijpend aan.

'Wéét je dat niet meer?' Er breekt een verbaasde glimlach door.

'Duif! Een van de eerste woorden die je leerde… en ik hou helemaal niet van die beesten.' Ze grinnikt.

'Ik maakte een keer wat druiven voor je schoon. Bij elke druif zei ik het woord voor. Je at ze op zonder me één keer na te zeggen.' Ze steekt beschuldigend haar wijsvinger uit. 'Maar de volgende keer dat je me zag, begon je al vanuit de verte te roepen: "D'uif! D'uif!"' Ze lacht zachtjes. 'De r lukte je nog niet zo goed.' Ze pakt het lege bordje op.

'Mees nam het meteen over. Hoewel zij ook wel weet dat ik niet van die beesten hou. "Nu heb je ook een vogelnaam, of je wilt of niet," zei ze. Tegen zoveel overmacht kon ik niet op.' Ze haalt berustend haar schouders op en loopt naar de deur.

'Nog meer verf?' Ze tikt met een voet tegen de emmer.

'Muurverf. Voor over het paars,' zeg ik, met mijn hoofd nog bij die naam. Raar eigenlijk, dat ik de enige ben zonder vogelnaam. Wiek had er wel een bedacht, maar toen ik er eenmaal was, vond niemand dat die bij me paste.

'Helemaal geen slecht idee.' Ze laat haar ogen even keurend rondgaan voor ze naar buiten loopt. Ik hoor hoe ze langzaam de trap op klimt en staar ondertussen naar het paars. Hoe heb ik daar al die maanden tegenaan kunnen kijken? Zelfs midden in de zomer blijft het een sombere kleur.

Ik kijk eens goed rond in mijn kamer. Eigenlijk is het hier niet veel gezelliger dan boven. In de hoek bij het raam staan zelfs nog een paar verhuisdozen. Er zitten oude spullen in, waarvan ik niet goed weet wat ik ermee moet.

Het enige waarmee ik helemaal tevreden ben, is de blauwe stoel. Ik aai over de kale armleuningen. Hij staat vast heel mooi bij het oranje. Opeens kan ik bijna niet wachten om het paars over te schilderen.

Mees had gelijk. Het is tijd dat er dingen gaan veranderen. Ik gooi mijn boek neer en ren met twee treden tegelijk de trap op.

'Ik ga toch nog even naar buiten!' Ik pak mijn tas en trek de voordeur open.

'Thuis voor het donker wordt!' hoor ik, terwijl de deur achter me dichtvalt.

Opgelucht ademde Muis de buitenlucht in. De zon brandde op haar huid en liet het kippenvel verdwijnen. De deur van de bus stond open. Ze stak haar hoofd naar binnen.

'Dantzig? Heb je nog hulp nodig?'

Onder de bus begon iets luid te ratelen. Dantzig kwam tevoorschijn gerold. Hij lag op zijn rug op een plankje waar wielen onder zaten. Hij zwaaide naar haar met een enorme tang.

'Ik denk dat ik het nu wel alleen afkan,' zei hij opgewekt. 'Wacht – even iets aandraaien.' Met veel lawaai verdween hij weer. 'Er is hier trouwens ook geen plek om met z'n tweeën te werken,' klonk het nog gedempt.

Muis zuchtte teleurgesteld en stak haar handen in haar zakken. Haar vingertoppen speelden met de snippers. Ze haalde ze tevoorschijn en staarde naar de hele en halve woorden. Ze ging plat op haar buik liggen, zodat ze onder de bus kon kijken.

'Wil je dat papier eigenlijk nog terug?' Het duurde even voor ze Dantzig kon zien in de schaduw.

'Papier?' Dantzig draaide ergens aan met de tang. Hij kreunde van inspanning.

'Het papier dat je gebruikte om die – die punten af te meten.' Haar vinger gleed over de brilletjes-g.

'De contactpunten? O, je bedoelt die snippers.' Het was even stil. 'Die mogen weg hoor. Daar heb ik er nog genoeg van.'

'Zijn er meer?' vroeg Muis gretig. 'Waar dan?'

'Gewoon. Waar ze altijd liggen. In de gereedschapskist.'

Muis krabbelde overeind. Ze tilde de hamers en het andere gereed-

schap uit de kist. Tussen de schroefjes en spijkers op de bodem stak
een handvat uit. Ze trok eraan. De bodem kwam met spijkers en al
omhoog. Eronder zat nog een bodem, die was bezaaid met stukjes
papier. Ze ritselden zacht toen ze haar hand erdoor liet gaan.

'Hoe kom je aan al die papiertjes?' Ze schepte haar hand vol en bekeek
ze van dichtbij. Ze waren allemaal volgekriebeld met hetzelfde handschrift.

'Dat is zomaar wat rommel, die hier een tijd terug is komen aanwaaien.
Op een dag slingerden er overal van die stukjes, het was een bende.'

Muis luisterde aandachtig. Ze hield haar hand boven de kist en liet het
sneeuwen.

'Ik heb er zoveel mogelijk opgeraapt. Ze waren doorweekt, want het
was vreselijk weer geweest. Regen, wind, hagel. Het was vorige zomer,
vlak nadat –' Dantzig stopte midden in zijn zin.

Muis greep een nieuwe handvol en wachtte.

'Ik dacht bij mezelf: papier, dat is mooi spul. Dat kan altijd van pas
komen. Dus heb ik het laten drogen en bewaard.'

'Vlak na wat?' vroeg Muis. Helemaal op de bodem lag een groter stuk.
Het zat tegen de bodem aan geplakt. Ze probeerde het los te peuteren.
Dantzig zuchtte. 'Al die drukte om wat oud papier... zo kan ik toch niet
werken!' Met veel lawaai begon hij ergens op te slaan. Muis kreeg eindelijk een hoekje van het papier te pakken. Voorzichtig trok ze het los.
Het was vergeeld, en er zaten scheurranden aan de boven- en onder-
kant. Er was met potlood op geschreven.

*vroeger. Achteraf maar beter dat we j
hebben genoemd! Eén tik van een zwanenvlerk kan iemands
been breken. Met zo'n boze uithaal kun je iemand meer pijn*

Zwanenvlerk... door dat woord moest ze aan het mozaïek in de hal denken. Ze stak haar handen in de gereedschapskist en gooide de snippers
op het laken. Er waren meer stukjes met potlood, maar de meeste

waren met blauwe pen beschreven, of met zwart. Ze pakte een stukje op met rode letters.

> *e haven voo*
> *plekken zijn op de o*
> *r soms muurhoge golven*
> *nen die worden. Een schip da*
> *ls een veertje opgetild en kilome*

Ze draaide het om en las de achterkant.

> *aangekomen.*
> *? Op een goede dag ne*
> *elf de zon weer gaan schij*
> *stormen? Ik tel de dagen tot i*
> *de tijd daar altijd veel sneller*

Ze kon het beste beginnen met de rode stukjes, daarvan waren er niet zo veel. Ze viste ze een voor een uit de berg en zocht net zo lang tot ze er twee aan elkaar kon passen. Ze vond een derde dat aansloot. Ze schoof en puzzelde geduldig tot ze eindelijk een stukje kon lezen.

> *al dagen woest weer. We werden steeds omhoog gegooid en*
> *dan vallen we met schip en al naar beneden. De meeste klan-*
> *ten vonden het maar niks. Die willen alleen maar zon en*
> *gladgestreken golven, stelletje mooiweervaarders. Daarom*
> *moesten we in de dichtstbijzijnde haven voor anker gaan. Ik*
> *heb wel eens gehoord dat er plekken zijn op de oceaan waar*
> *de stroming zo sterk is dat er soms muurhoge golven ontstaan.*
> *Wel twintig meter hoog kunnen die worden. Een schip dat*
> *daarin terechtkomt, wordt als een veertje opgetild en kilome-*
> *ters meegesleurd, net zolang tot*

Misschien was het een reisverslag. Van iemand die de hele wereld over was geweest en hier ook een keer had gelogeerd. Muis keek op van het papier. Ze begreep niet goed waarom de woorden die ze las haar zo'n prettig gevoel gaven. Bijna... vertrouwd, dacht ze verbaasd. Jammer dat het puzzelen zo langzaam ging.

Misschien had die reiziger wel in haar kamer geslapen... haar blik kroop van haar eigen raam omhoog en bleef hangen aan de balkondeuren op de bovenste verdieping. Dit keer waren ze dicht. Met een rimpel in haar voorhoofd bleef ze ernaar staren. Iets aan die deuren zat haar niet lekker. Het was net of ze iets vergat. Maar wat?

Een briesje waaide heerlijke etensgeuren vanuit het hotel in haar richting. Hoe laat was het eigenlijk? Dantzig had al een hele tijd geen geluid gemaakt. Hij lag nog op dezelfde plek onder de bus, maar hij bewoog niet. Muis grinnikte. Zeker in slaap gevallen.

Ze boog zich weer over de snippers en begon ze om te draaien. De wind blies een paar stukjes op. Ze legde ze terug, maar de wind bracht ze net zo snel weer door de war. Zo schoot ze niet op.

Plakband! dacht ze opeens. Ik heb een rol plakband op mijn kamer. Haastig graaide ze de snippers bij elkaar en propte ze in haar broekzakken, tot ze bol stonden. Terwijl ze de bak met schroeven weer in de kist tilde, zeurde er nog steeds iets in haar achterhoofd. Het had te maken met die balkondeuren.

Haar handen bleven boven de kist in de lucht hangen.

*Balkon*deuren?

Gisteren had ze vanaf deze plek iets bij de *balkondeuren* zien bewegen, maar toen ze boven kwam was het *raam* dicht. Er was op die kamer helemaal geen balkon. Ze herinnerde zich opeens weer hoeveel moeite het had gekost om het stoffige raam open te schuiven. Hoe had ze dat gisteren over het hoofd kunnen zien?

Had ze zich dan tóch in de kamer vergist? Ze kneep haar ogen samen. Geen vergissing mogelijk. Er waren maar twee balkons aan de hele voorkant. Eén op de bovenste verdieping, en een op de eerste.

De twee verdiepingen ertussen hadden geen balkon, maar een raam.

Twee verdiepingen ertussen?

Vanaf haar eigen kamer op de eerste verdieping telde ze verder. Twee-de, derde... vierde verdieping.

Omdat er maar drie trappen waren, had ze gedacht dat de derde ver-dieping de bovenste was. Ze had gewoon niet goed gekeken. Ze was helemaal nooit op de bovenste verdieping geweest.

'Wat is er met jou? Het lijkt wel of je een spook ziet!'

Fermer stond in de deuropening van het wachtlokaal. Zo hard hij kon begon hij met een grote lepel op een pan te slaan. Dantzig schrok met een snurkgeluid wakker en stootte vloekend zijn kop tegen de onder-kant van de bus.

'Iedereen verzamelen!' Fermer sloeg nog een keer uit alle macht op de pan. 'Het diner is klaar!'

Voor het eerst sinds de verhuizing sta ik in onze oude straat. Het lijkt alsof er hier in al die tijd niets is veranderd. Het winkeltje op de hoek is net als altijd 's avonds nog open. Ze verkopen er dropjes waar Malakoff dol op is. Ik stap naar binnen. Ze liggen nog op precies dezelfde plaats in het rek.

Achter de toonbank staat iemand die ik niet ken, maar naast de kassa staat nog dezelfde doos met afgeprijsde rommeltjes. Mijn oog valt op een rolletje plakband. Opeens moet ik aan de witte tas denken, onder in de verhuisdoos.

Met de dropjes en het plakband haast ik me over de vertrouwde stoep naar het huis van Malakoff. Plotseling kan ik bijna niet wachten om hem te zien zitten achter het open raam, over een of ander muziekboek gebogen.

Op de benedenverdieping zijn de gordijnen gesloten. Sta ik voor het verkeerde huis? Verward doe ik een stap naar achteren en kijk om me heen. Ik heb me niet vergist. De gordijnen van Malakoffs woonkamer en van zijn slaapkamer zijn dicht. Waarom zit hij niet op zijn vaste plek?

Bij één raam is er een smalle kier in het gordijn. Met mijn handen als een kommetje tegen de ruit geduwd probeer ik naar binnen te gluren, maar het is er te donker om iets te kunnen zien.

'Wat moet dat daar? Naar binnen loeren bij vreemden?' Een hand komt zwaar op mijn schouder neer. Geschrokken kijk ik in het boze gezicht van de bovenbuurvrouw.

'Ach schaap, ben jij het?' Zodra ze me herkent, verandert de uitdrukking op haar gezicht. 'Ik herken je nauwelijks, wat ben jij gegroeid! Kom je eindelijk es bij die ouwe op bezoek? Ach, wat zou-ie dat mooi hebben gevonden. Hij miste je hoor. Dat kon ik heus wel merken.'

Hebben gevonden? Mijn oren beginnen te gonzen.

'Hij ligt in het ziekenhuis.' Ze wijst met een duim achter zich en schudt haar hoofd. 'Tóestanden hoor. Hij hield zich groot natuurlijk, je weet hoe-ie is.' Ze vouwt haar armen voor haar borst. 'Maar mij hield-ie niet voor de gek hoor. Ik zíe dat soort dingen.'

'Wat is er dan met hem?' Met moeite vind ik een pauze tussen haar woorden. 'Komt het wel goed?'

'Dat moeten we maar afwachten. Zoiets moet z'n tijd uitduren. Het is al dat roken, hè.' Ze plant haar handen in haar zij en buigt zich naar me toe.

'Maar vertel es, schaapje, hoe is het nou met je moeder? Die ziel. Is ze nog altijd zo…' Ze kijkt me aan en schudt meewarig haar hoofd. 'Ik snap het wel, hoor. Daar niet van. Zelf zou ik van minder al looiig worden.'

In paniek staar ik naar haar mond, die onophoudelijk open en dicht blijft gaan. Ik krijg het steeds benauwder. Ik moet naar Malakoff.

Op goed geluk blijf ik knikken, ja, nee, en schuif ondertussen langzaam opzij, tussen haar en het raam uit. Als ik ver genoeg ben, begin ik te rennen. Zonder nog om te kijken steek ik mijn hand op. Het ziekenhuis is gelukkig niet ver. Ondanks de warmte ren ik bijna de hele weg.

In de hal beneden is het koel. Buiten adem sta ik voor de portier. Mijn keel is uitgedroogd. Het duurt even voor het me lukt om te zeggen voor wie ik kom.

'Het bezoekuur is net voorbij. Je moet tot morgen wachten.' De portier kijkt me vanachter zijn balie aan.

'Maar ik moet naar hem toe!'

Hij trekt zijn wenkbrauwen een stukje op.

'Hij is mijn buurman!' Ik kijk hem smekend aan.

'Geen familie dus?'

'Eigenlijk is hij een soort oom,' probeer ik nog. Ik heb nog steeds mijn adem niet terug. Een telefoon begint te rinkelen. Het is hier zo koel dat ik opeens sta te rillen. De portier zegt kort iets in de hoorn en houdt hem dan tegen zijn borst.

'Je zult echt morgen terug moeten komen. Het spijt me. Het middagbezoekuur begint om twee uur.' Zonder me uit het oog te verliezen brengt hij de hoorn weer naar zijn oor en begint erin te praten.

Een van de liftdeuren staat open. Ik kijk van de deur naar de portier. Hij ziet wat ik denk, en schudt al pratend zijn hoofd. Spijtig draai ik me om. Ik voel zijn ogen in mijn rug prikken tot de glazen deuren achter me dichtschuiven.

'Ik wist niet precies hoe ik het moest aanpakken met die gangen.' Fermer keek bezorgd om zich heen. Midden in het wachtlokaal had hij vier kleine tafels tegen elkaar geschoven en zo één grote gemaakt. Er lag een wit kleed over dat bijna tot de grond kwam.

'Ik dacht opeens: wat als ik met de soep kom en je hebt net trek in iets zoets?' Hij gebaarde naar de tafel, die was afgeladen met schalen en kommen. Allerlei geuren schreeuwden door elkaar. 'Of je wilt net iets hartigs als ik met een toetje aankom. Daarom heb ik alles maar tegelijk opgediend.' Met een overdreven buiging schoof hij een stoel voor Muis naar achteren.

'Het ziet er prachtig uit zo.' Met op elke broekzak een hand, zodat er geen papiertjes uit vielen, ging ze zitten. Dantzig kroop op de stoel naast haar. Hij schoof zijn buik onder het tafelkleed, trok het op tot onder zijn oksels en snuffelde aan de schaal die het dichtst bij stond. Terwijl Fermer de kaarsen aanstak, zat hij al luidruchtig te slurpen.

Ik had het dus toch goed gehoord toen ik op de derde verdieping de piano zocht, dacht Muis. Het geluid kwam wél van hoger. Haar benen zwiepten onder de tafel rusteloos heen en weer. Fermer kwam tegenover haar zitten en keek haar afwachtend aan. Ze moest proberen om aan eten te denken. Op goed geluk schepte ze iets uit een kom op haar bord. Het was een soort heldergroene soep. Ze pakte een stukje brood en doopte het in het groen. Het smaakte zoet, en een beetje naar noten. 'Lekker!' Opeens merkte ze hoeveel honger ze had. Ze glimlachte naar Fermer, die haar nog steeds aanstaarde. Zouden de dieren iets weten over de vierde verdieping? Ze slikte en nam nog een hap. Daar moest ze nu niet aan denken!

Dantzig trok twee schaaltjes naar zich toe en keerde ze samen om boven zijn bord. Met volle mond begon hij verslag te doen van de laatste vorderingen met de bus. Muis luisterde maar met een half oor.

Wat heb je aan een verdieping waar geen trap naartoe gaat? dacht ze, terwijl ze een ongeduldige zucht probeerde te onderdrukken. Niet aan denken nu! Ze dwong zichzelf om naar Dantzig te luisteren, die net vertelde dat er speling zat in de simmerringen, en dat hij er ernstig over dacht om het hele blok weer uit elkaar te halen.

'Als die bus het weer doet,' vroeg ze, toen Dantzig even zweeg en om zich heen zocht naar een volgende schaal, 'wat ben je er dan eigenlijk mee van plan? '

'Ha!' Dantzig veerde op. 'Dan... dan kan alles!' Hij hield zijn poten zo ver mogelijk uit elkaar, om te laten zien hoe groot alles was. 'Komen en gaan, naar overal en nergens...' Hij zakte dromerig achterover en trok het tafelkleed weer wat hoger op. Het kaarslicht schitterde in zijn ogen.

'Om te beginnen de hotelgasten halen en brengen natuurlijk. Nu het erop begint te lijken dat Fermer toch kan koken, kon het hier nog wel eens druk gaan worden.' Hij gooide een stuk brood in de lucht en ving het op met zijn bek.

Fermer grijnsde. Hij sneed een grote taart in stukken en duwde hem over het kleed naar Muis. Hij smaakte zoet en zuur tegelijk. Naar kersen, en nog iets anders. Ze nam nog een hap en knikte enthousiast naar Fermer.

'Als jullie willen dat het hier druk wordt, moet er echt wat aan die letters op het dak gebeuren,' zei ze met volle mond. Het was eruit voor ze er erg in had.

'Begin je nou alwéér?' Geërgerd trok Dantzig de kersentaart naar zich toe.

'Zolang er... staat wat er staat, jaag je iedereen meteen weer weg.' Muis schoof ongemakkelijk heen en weer op haar stoel. 'Ook al is het eten nog zo goed.' Ze keek even naar Fermer.

'Dat heb ik ook al honderd keer tegen hem gezegd, maar hij wil het niet horen,' zei Fermer. Zorgvuldig schepte hij met een theelepeltje uit elke schaal iets op zijn bord, alsof hij een palet samenstelde, met vlekjes in allerlei kleuren.

'Omdat ik er niks van geloof. Wat maken die paar letters nou voor verschil?' Dantzig keek donker van de een naar de ander. 'Alsof een letter meer of minder iemand kan tegenhouden. En trouwens, anders doe je het toch zelf!' Boos veegde hij een klodder taart opzij. Hij maakte een donkerrode vlek op het witte kleed.

'Al die draadjes door elkaar... daar kan ik geen wijs uit worden.' Fermer schudde spijtig zijn kop en boog zich vertrouwelijk naar Muis. 'Voor hem is het gesneden koek. Als hij het dak op kon, deed-ie het zo.'

'O, is dát het! Je hebt hóógtevrees!' zei Muis vol begrip. 'Daar hoef je je toch niet voor te schamen? Dat heb ik ook!' Verbaasd hield ze haar mond. Had ze dat?

'Dat heb ik helemaal niet!' Dantzig sprong zo wild overeind dat de glazen rinkelden. Hij griste de kersentaart van tafel en stampte naar buiten. Hij gooide de deur achter zich dicht, maar omdat die niet goed sloot, vloog hij meteen weer open.

Muis keek geschrokken naar Fermer. Die leek geen last te hebben van de uitbarsting. Hij snoof onverstoorbaar aan zijn bord, en staarde telkens even aandachtig voor zich uit. Na een tijdje zuchtte hij en wreef voldaan met een poot over zijn buik. Hij zette het bord neer en stond op.

'Dit lijkt me een goed moment voor een klein extraatje,' zei hij opgewekt, en liep met lichte passen in de richting van de keuken.

Buiten valt de warmte als een benauwde deken over me heen. Een ziekenauto zoeft langs. Allerlei gedachten tollen door mijn hoofd. Vlak achter me gilt een toeter; ik kan nog net opzij springen.

Waarom ben ik al die tijd niet bij Malakoff op bezoek geweest? Omdat je bang was dat hij door je heen zou kijken, zeurt het in mijn hoofd. Omdat je bang was dat hij je geheim zou raden. Misschien is hij al heel lang ziek. De buurvrouw zei hoe erg hij het vond dat ik nooit kwam. Wat als het te laat is? Wat als ik het niet meer goed kan maken? Net als –

Om mijn gedachten voor te blijven loop ik zo snel mogelijk; van het ziekenhuis door de oude buurt naar onze nieuwe straat, het trapje op, de gang door, de trap af tot in mijn kamer, tot in de blauwe stoel.

Hoe moet ik de tijd doorkomen tot morgen twee uur? Ongeduldig speel ik met de tas op mijn schoot. Door de stof heen voel ik het zakje drop, en nog iets. Het plakband! Opeens weet ik weer wat ik van plan was. Ik loop naar de dozen bij het raam en til de bovenste op de grond. Er zitten oude kleren in, verder niets. De tweede doos zit vol met vergeten speelgoed. Een voor een pak ik alles eruit, maar ik vind niet wat ik zoek.

In de onderste doos zitten mijn oude knuffels. Ik zet de ene na de andere naast de doos. De laatste die tevoorschijn komt, is de rat. Verder is de doos leeg. In geen van de dozen zit mijn oude witte tas met de brieven. Verbaasd ga ik in de blauwe stoel zitten, de rat nog in mijn armen.

'Volgens mij had ik hem in de doos met de knuffels gestopt,' zeg

131

ik hardop. Ik kijk naar de rat op mijn schoot. 'Weet jij niet waar hij is?'

De rat staart nietszeggend terug. Na al die tijd is hij meer geel dan wit, maar zijn oogjes glimmen nog. Toen ik hem kreeg van Wiek was ik vijf, en had ik mijn arm in het gips. Ik was er eerst een beetje bang voor, omdat hij bijna even groot was als ikzelf. Hij had een vreemde knik in zijn staart, waar Wiek meteen een verhaal over wist te vertellen. Om mezelf af te leiden probeer ik het me te herinneren.

Het ging over drie ratten die met hun staarten in de knoop zaten. Als de ene rat de ene kant op wilde, was er altijd wel een ander die net de andere kant op trok. Daarom zaten ze meestal stil, en lieten de andere ratten voor hen lopen. Omdat iedereen hen zielig vond, durfde niemand hun iets te weigeren. Ze werden steeds verwender. Op den duur noemde iedereen hen de Rattenkoning.

Twee van de drie ratten waren dik tevreden zo. Maar de derde rat droomde van een ander leven. Hij wilde erop uit, en dus moest zijn staart uit de knoop. Maar zodra hij aan de warboel begon te peuteren, grauwden de andere twee ratten naar hem. Die voelden er niets voor om weer doodgewone ratten te worden. Dan waren ze hun luie leventje kwijt. En erger nog: hun mooie naam. De derde rat hoefde op den duur maar naar de knoop te kíjken of ze lieten hun tanden al blikkeren.

Omdat hij zijn droom voor geen goud wilde opgeven, verzon de rat een list. Hij begon de andere twee een verhaal te vertellen dat zo spannend was dat ze wel móesten luisteren, en zo ingewikkeld dat ze de hele tijd moesten opletten. Daar werden ze moe van, want ze waren weinig gewend. Omdat ze toch nieuwsgierig werden en wilden horen hoe het af zou lopen, vochten ze tegen hun slaap. Maar het verhaal werd langer, en langer, en langer. De eerste rat viel van uitputting om, en nog voor de ontknoping kwam, lag ook de tweede zwaar te snurken.

Met zijn laatste krachten haalde de derde rat de knoop los. Nu er niemand tegenstribbelde, was dat een koud kunstje. De twee andere staarten bond hij weer netjes aan elkaar, met een grote strik in het midden. Lang voor de twee ratten wakker werden, was hij vertrokken. Met geknikte staart de wijde wereld in. De eerste die hij daar tegenkwam, was ik. Met mijn arm in het gips.

Wiek zei dat hij geen Rattenkoning meer kon heten, omdat dat de naam was van de drie ratten samen. Een tijd lang heb ik geprobeerd een andere naam voor hem te verzinnen, maar het is me nooit gelukt om een betere te vinden.

'Ik dacht al dat ik je hoorde binnenkomen.' Duif stapt mijn kamer in. 'Ik heb een idee.' Ze gebaart van de verfemmer naar de muur. 'Wij gaan gewoon alvast beginnen. Morgenochtend. Wat vind je daarvan?' Ze kijkt me glunderend aan. 'Als Mees terugkomt, is er nog genoeg te doen. Als jij nou alvast de kwasten op gaat zoeken…' Ze knikt tevreden. Zonder mijn antwoord af te wachten verdwijnt ze weer.

'Goed idee,' zeg ik tegen de rat, en sta op. Gek genoeg ben ik rustiger geworden door aan dat oude verhaal te denken. Ik zet de rat naast de verfemmer op de grond en loop Duif achterna.

Muis keek voorzichtig om de hoek van de deur. Dantzig zat met zijn rug tegen de muur en het bord op schoot voor zich uit te mompelen. De avondzon viel over de vlakte.

'Dantzig? Kom nou weer naar binnen. Fermer heeft zo zijn best gedaan.' Ze deed een stap naar hem toe. 'Ik had er niet over moeten beginnen! Als ik had geweten dat je zo –' Ze maakte haar zin niet af, bang dat ze het nog erger zou maken.

Dantzig propte de rest van de taart naar binnen en zat zwijgend te kauwen.

'Misschien heb je ook wel gelijk. Het zijn natuurlijk maar letters.' Muis ging op een afstandje naast hem zitten, haar rug tegen de muur.

'Rotletters; dát zijn het.' Dantzig keek verongelijkt naar de heuvel in de verte. Minutenlang was er niets te horen dan zijn boze gesmak.

'Tijd voor een kleinigheid.' Fermer kwam naar buiten en zette een schaal voor hen in het zand. Hij had van soesjes een enorme toren gemaakt. Muis ging verbaasd rechtop zitten. Fermer boog zich voorover, prikte het bovenste soesje aan een vork en hield het haar voor.

'Ik heb alleen maar last van die dingen. Binnenkort sloop ik ze d'r nog eens helemaal af.' Dantzig graaide links en rechts een soesje van de stapel en schrokte ze achter elkaar naar binnen.

Muis stak het vorkje in haar mond en staarde naar de toren. Ze vergat te kauwen. Opeens snapte ze waarom Dantzig niets aan de letters deed. Hij kon er niet bij! Hij kon natuurlijk niet op de vierde verdieping komen. Er ging geen trap heen... maar misschien wel een lift! Muis verslikte zich en begon te hoesten.

'Dat hele gedoe met woorden is sowieso nergens goed voor.' Dantzig klopte haar afwezig op de rug. 'Een hoop drukte om... om niks. Je kan ze niet vastpakken, niet verkopen.' Met een vinnig gebaar pakte hij drie nieuwe soesjes en propte er twee tegelijk naar binnen. 'Je kan ze niet eten.' Het derde gooide hij hoog op. Het belandde met een sierlijke boog in zijn open bek.

'Je kan er verhalen mee vertellen.' Fermer bewoog zijn vork alsof hij ermee in de lucht schreef. Hij wachtte tot Muis helemaal was uitgehoest voor hij verder praatte.

'Als de bus het doet,' zei hij, terwijl hij een soesje aan zijn vork prikte en er aandachtig naar keek, 'hoop ik dat er zoveel reizigers komen dat alle kamers in het hotel vol zitten.'

Hij keek hen om beurten aan.

'Onder zoveel gasten zijn er altijd wel een paar die muziek maken.' Het vorkje danste door de lucht. 'Of die verhalen kunnen vertellen. Sterke verhalen vol avonturen, over verre zoektochten naar vroeger of later. Elke avond wordt het wachtlokaal vanzelf een nachtlokaal.' Hij grinnikte, alsof hij het voor zijn ogen al zag gebeuren. Het rode avondlicht weerspiegelde in zijn ogen.

'En als alles dan helemaal op rolletjes loopt,' ging hij zachtjes verder, 'ga ik een tuin aanleggen.' Hij maakte met zijn vork bewegingen alsof het een enorme hark was. 'Eerst de moestuin. Die komt helemaal vooraan. En een paar bomen voor wat schaduw. Bomen waar een hangmat tussen past. Middenin een groot veld met bloemen en kruiden, alles dwars door elkaar.' Hij liet zich achterover in het zand vallen.

'En fruit, alle mogelijke soorten. Weten jullie wel hoe fantastisch witte perenbloesem afsteekt tegen blauwe lucht?' Hij zuchtte en deed zijn ogen dicht. In de stilte was plotseling het geluid van de piano te horen. De soesjestoren was voor meer dan de helft verdwenen. Dantzig bromde met zijn ogen dicht iets onverstaanbaars. Precies op hetzelfde moment als Fermer begon hij te gapen.

Muis zat klaarwakker tussen hen in en luisterde naar de piano.

Degene die speelde, gebruikte natuurlijk de lift om op de vierde verdieping te komen. En als de pianist dat kon, moest het haar ook lukken. Ze hoefde alleen maar uit te vinden hoe ze die lift open kon krijgen. Ongeduldig keek ze van de een naar de ander. Sliepen ze nou al? Opeens begreep ze ook wat het gezoem was dat ze op de gang had gehoord. Het was het geluid van een lift die op en neer ging.

Dantzig smakte een paar keer en begon zacht te snurken. Fermer lag nog steeds op zijn rug. De muziek werd langzaam luider. Lange rijen tonen rolden soepel achter elkaar naar buiten.

Zolang die pianist het luik boven open liet staan, konden de luiken op de andere verdiepingen natuurlijk niet open. Zodat de lift niet weg kon. Zodat er niemand anders naar de vierde kon komen.

Dantzig begon harder te snurken. Telkens als hij uitademde, trilden zijn snorharen.

Muis hield het niet meer uit. Heel voorzichtig, om de anderen niet wakker te maken, kwam ze overeind en keek langs de gevel omhoog. De balkondeuren op de bovenste verdieping stonden open. Telkens als de neonverlichting even uitging, leek het of ze achter de gordijnen een zwak lichtje zag.

Ze keerde zich om naar de anderen. Fermer haalde regelmatig adem. Zelfs in zijn slaap lag hij nog te grijnzen. Dantzig was voorover gezakt en snurkte onverstoorbaar.

In haar hoofd begon een plan te groeien. Op haar tenen liep ze langs hen heen door het wachtlokaal naar binnen.

Hoe meer paars er onder het oranje verdwijnt, hoe lichter het wordt in mijn kamer. Mijn handen worden aan alle kanten oranje.

De tijd kruipt voorbij. Om de haverklap kijk ik op de klok.

'Veel warmer kan het niet meer worden.' Duif wist het zweet van haar voorhoofd en legt de roller in de lege emmer. 'Misschien komt er wel onweer.'

Pas als er nergens meer een stukje paars te zien is, kom ik ook overeind. Tevreden staan we naast elkaar het resultaat te bekijken. Straks, als de muur droog is, schuif ik de blauwe stoel ervoor.

Eindelijk wijst de klok halftwee aan. Duif volgt mijn blik.

'Wil je dat ik met je meega?' vraagt ze. Ik heb haar verteld over Malakoff. Ik schud mijn hoofd. Met haar naar het ziekenhuis lopen gaat me veel te langzaam.

'Wegwezen dan.' Ze glimlacht. 'Ik ruim wel op.'

Ik gris mijn tas van de stoel en ben de kamer al uit.

'En was eerst die verf van je handen!' roept ze achter me aan. Met twee treden tegelijk ren ik de trap op. Zachtjes doe ik de voordeur achter me dicht. Tien minuten voor het bezoekuur begint, sta ik in de hal.

'Je bent te vroeg,' zegt de portier. Het is dezelfde als gisteren. Hij knipoogt, en zoekt in een lijst op waar ik heen moet. 'Derde verdieping. Ga maar vast naar boven.' Hij wijst naar de liften aan de overkant van de hal. De deuren glijden geruisloos dicht. Onge-duldig wacht ik tot ze weer opengaan.

Op de derde verdieping hangt een soort zwembadlucht met zeep erdoorheen. Het ruikt vreemd, maar niet vies. Een verpleger komt me tegemoet.

'Meneer Malakoff? Die ligt aan het einde van de gang,' zegt hij, en loopt met me mee. Ik moet lachen om dat menéér.

'Hij zal blij zijn! Hij krijgt niet veel bezoek.' Hij lacht terug.

'Komt het wel weer goed met hem?' Nu durf ik het wel te vragen.

'Maak je geen zorgen.' De verpleger legt een hand op mijn schouder. 'Hij moet alleen nog wel goed uitrusten.' Hij blijft staan voor een deur en duwt me zachtjes naar voren.

In de kamer staan twee bedden tegenover elkaar. Het ene bed is leeg. In het andere ligt een vreemde man met zijn ogen dicht. Net als ik wil zeggen dat het de verkeerde kamer is, doet de man zijn ogen open en begint te praten. Mijn mond valt bijna open. Ik herken Malakoff aan zijn hese stem.

'Hee, meiske… wat een verrassing!' Malakoff pakt een stang boven zijn hoofd vast en trekt zich omhoog. Hij ziet er raar uit in dat bed. Net of hij kleiner is dan anders. Zijn haar, dat altijd in een grote bos naar alle kanten uitstaat, zit tegen zijn hoofd geplakt. Maar hij glimlacht breed, en van dichtbij kan ik zijn ogen zien glimmen.

Achter zijn bed staat een apparaat dat telkens piept. Het heeft rode cijfertjes die oplichten. Er komt een slangetje uit dat los over de rand van het bed hangt. Ik hoop maar dat het niet ergens aan vast hoort te zitten.

'Is het erg met je?' flap ik er zenuwachtig uit. Mijn stem piept raar.

'Welnee, met mij gaat het prima. Vals alarm!' Hij tikt op zijn borst ter hoogte van zijn hart. 'Ze willen me alleen nog een paar dagen hier houden, ter observatie.' Hij grijnst. 'En nu ik jou zie, gaat het nog beter.' Zijn ogen kijken me onderzoekend aan.

'Je was toch niet geschrokken?'

'De buurvrouw zei dat je –'

'Heeft ze weer rare praatjes rondgestrooid? Dat mens moet die slordige klepper eens leren dichthouden!' Hij schudt zijn hoofd, maar hij grijnst nog steeds. 'Wat fijn om jou te zien. Je bent gegroeid!'

Ik word er verlegen van, zo aardig als hij doet. Hij zegt er helemaal niets over dat ik hem al die tijd heb laten barsten.

'Hoe is het in jullie nieuwe huis?' Hij wijst naar mijn handen. 'De vorige keer dat ik je zag, had je lila verf op je vingers. En nu oranje.'

Ik vertel hem over mijn kamer. En over Mees die naar de boot is, en dat Duif bij mij logeert. Malakoff luistert aandachtig en knikt. Als ik niets meer weet te vertellen, leunt hij achterover in zijn kussens.

'Op zo'n plek als hier is te veel tijd.' Hij wijst om zich heen. 'Meer dan goed is voor een mens. Ik lig hier maar wat voor me uit te koekeloeren. Weet je wat ik mis? Mijn muziekboeken… maar niet nu jij er bent.' Hij klopt naast zich op de deken.

'Dus je moeder is naar de boot?' Hij knikt goedkeurend. Voorzichtig klim ik op de rand van het bed.

'Wat is er eigenlijk met Wieks spullen gebeurd?' vraag ik opeens. Ik bedenk de vraag pas terwijl ik hem hardop zeg. 'Ik bedoel de spullen die je van de boot had opgehaald.'

'Je moeder wilde ze niet hebben. Ik heb ze weggegeven aan een koperblazer die wel een paar goede instrumenten kon gebruiken. Alleen de muziek die Wiek en ik samen vaak speelden heb ik zelf gehouden.'

'Kan het zijn dat…' Opeens vind ik het een stomme vraag.

Malakoff trekt vragend zijn wenkbrauwen op. Ik haal diep adem. 'De brieven die je me gaf toen je terugkwam… eentje zat er niet bij.' Ik durf hem niet goed aan te kijken. 'Kan het zijn dat die tussen de andere spullen is geraakt?'

Er komt een diepe rimpel in zijn voorhoofd. Na een tijdje schudt hij zijn hoofd.

'Ik ben verder niets tegengekomen bij het opruimen.' Hij kijkt me aan met zijn röntgenogen. 'Dus die brief is belangrijk?'

Ik haal mijn schouders op en probeer onverschillig te kijken. Hij houdt zijn hand op, zoals hij altijd doet. Ik leg de mijne erin. Met mijn ogen aan mijn oranje vingers gekluisterd flap ik alles er plotseling in één keer uit. Over dat Wiek op mijn verjaardag zou komen maar toen niet kwam, en over mijn boze brief, en dat het daarom allemaal mijn schuld was. En dat ik het niet aan Mees durfde te vertellen. En natuurlijk ook niet aan hem, en dat ik dáárom nooit meer op bezoek kwam. Omdat hij dan vast en zeker dwars door me heen zou kijken en dat mocht niet, en zie je wel, het klopte nog ook, want dat was precies wat er nu gebeurde, en zo ratel ik maar door.

Met zijn vrije hand houdt hij me een zakdoek voor. Verbaasd pak ik hem aan. Pas nu voel ik dat de tranen zo over mijn wangen lopen. Als ik mijn neus heb gesnoten en al lang niets meer weet te zeggen, houdt hij nog steeds mijn hand vast. Voorzichtig kijk ik naar hem van opzij. Net als ik denk dat hij iets gaat zeggen, komt er een verpleegster binnen.

'U moet nodig een tijdje gaan rusten,' zegt ze. De zolen van haar schoenen piepen bij elke stap.

'Mijn bezoek en ik moeten nog even wat bespreken,' zegt Malakoff. Ik kijk hem verbaasd aan. Het klinkt bijna bedremmeld.

'Dan kan ze beter straks nog even terugkomen. Het volgende bezoekuur begint om halfzeven.' De zuster knikt vriendelijk naar me, maar ze blijft onverbiddelijk naast het bed staan. Malakoff kijkt me hulpeloos aan. Ondanks alles moet ik lachen. Zo heb ik hem nog nooit gezien.

'Weet je wat?' zegt hij opeens. 'Als jij nou eens een paar muziekboeken voor me gaat ophalen!' Zijn ogen lichten op. 'Als je ze straks komt brengen, praten we verder.'

Ik knik verbouwereerd, en snuit nog een keer mijn neus.

'Hier in deze la ligt ergens een sleutel van mijn huis.' Hij kijkt de zuster na, die de kamer weer uitloopt, en gebaart naar het kastje naast zijn bed. 'Die met het bootje eraan.'

Er ligt maar één sleutel. Er zit een zilveren kettinkje aan met een piepklein hangertje. Om te zien dat het een bootje is moet ik wel heel goed kijken.

'Doe maar wat van Bach, daar krijg ik nooit genoeg van. Er ligt wel een stapel op de keukentafel.' Hij wrijft vergenoegd in zijn handen. 'Daar kun je altijd weer iets nieuws in ontdekken. Wiek en ik speelden het graag samen.'

Ik knik. Ik heb ze vaak genoeg gehoord.

'Die boeken van Wiek... ik heb er nog niet één keer in gekeken.' Hij glimlacht een beetje treurig. 'Maar telkens als ik door de gang loop, moet ik even aan hem denken.'

Ik lach terug, ook al begrijp ik niet goed wat hij bedoelt.

'Ik ben blij dat je me al die dingen hebt verteld.' Hij legt een hand op mijn arm en knijpt erin. 'Als je terugkomt, heb ik erover nagedacht.' Hij knijpt nog een keer.

'Meiske, wat geweldig dat je me bent komen opzoeken. Ik voel me een ander mens.'

Een beetje verlegen laat ik de sleutel aan het kettinkje in mijn broekzak glijden. Opeens denk ik aan de dropjes. Ik haal ze uit mijn tas en leg ze op het bed. Hij grijnst. 'Die bewaren we voor straks.' Hij legt zijn hand erop en leunt achterover.

'Zo. En nu ga ik slapen. Die zuster heeft gelijk. Je hebt geen idee hoe moe een mens wordt van de hele dag in bed liggen.' Hij gaapt, en doet tevreden zijn ogen weer dicht.

Nog voor ik bij de deur ben, kan ik hem al zachtjes horen snurken.

Op haar kamer zette Muis de balkondeuren open. De pianomuziek zweefde naar binnen. Net als bij het vorige stuk begon ze al flarden te herkennen. Het kon zo te horen niet lang meer duren voor de pianist op zoek zou gaan naar nieuwe bladmuziek. En daarvoor moest hij naar beneden. Met de lift.

Ze pakte haar tas uit de kast, haalde de rol plakband eruit en legde de tas met de muziekboeken onder haar hoofdkussen. Het enige dat ze hoefde te doen, was wachten tot het boven stil werd. En in de tussentijd niet in slaap vallen.

Ze schepte handenvol papiersnippers uit haar broekzakken en liet ze boven het bed naar beneden dwarrelen. Dat moest genoeg zijn om haar wakker te houden.

Met gekruiste benen ging ze tussen de snippers zitten en begon ze te sorteren. Zwarte pen bij zwart, blauw bij blauw, potlood bij potlood. Na een tijdje lagen er vier bergjes papier. Het kleinste bergje was dat met de rode stukjes. De ene kant ervan had ze vanmiddag al uitgepuzzeld; het was niet moeilijk om ze opnieuw aan elkaar te passen.

De loopjes op de piano werden langer. Telkens als het een tijdje stil bleef, wachtte ze met ingehouden adem of de muziek misschien zou stoppen. Maar elke keer ging hij even later weer verder.

Met kleine stukjes plakband plakte ze de snippers een voor een aan elkaar. Toen alle stukjes vastzaten, draaide ze het geheel voorzichtig om.

*jij ook niet bang bent voor een stevige bui, en van een storm
als deze vast net zo zou genieten als ik!) Ik ben blij met je lan-*

ge brief. Hij maakt me vrolijk, telkens als ik hem lees. En dat
doe ik vaak, want hier in de haven van Rimini miezert het al
sinds we zijn aangekomen. Italië in de motregen – wat vind je
daarvan? Op een goede dag neem ik je mee, dan moet hier
vanzelf de zon weer gaan schijnen – of zou jij het liever laten
stormen? Ik tel de dagen tot ik thuiskom (hoe kan het toch dat
de tijd daar altijd veel sneller voorbijgaat dan op zee?), en tot
omhels ik je in mijn

Het begon meer op een brief te lijken dan op een reisverslag. Jammer dat er aan de boven- en onderkant een stuk miste. Misschien had Dantzig er meer stukjes van gebruikt en waren die verloren gegaan. Ze pakte het vergeelde stuk papier dat ze vanmiddag van de bodem had gepulkt en staarde naar de potloodletters. *Zwanenvlerk...*
De muziek begon steeds meer vorm te krijgen. Terwijl ze zachtjes meeneuriede schoof ze de snippers naar zich toe waar met potlood op was geschreven.
Was het de muziek die haar zo'n prettig gevoel gaf, of kwam het door de woorden, die stukje bij beetje aan elkaar groeiden? Opeens begon ze verschrikkelijk te gapen.
Ze moest wakker blijven! Ze knipperde een paar keer met haar ogen, sperde ze zo ver mogelijk open, en boog zich weer over de snippers.

natuurlijk ook jammer dat ik sneller weg moest dan de
bedoeling. Maar daar kun je haar niet de schuld v
En ik mag dat zeggen, want jij bent
vroeger. Achteraf maar beter dat we j
hebben genoemd! Eén tik van een zwanenvlerk kan iemands
been breken. Met zo'n boze uithaal kun je iemand meer pijn
doen dan je zelf begrijpt. Dus wat ik wil zeggen is: bedenk je
minstens drie of vier keer voordat je uithaalt. Spaar je boos-
heid liever op voor mij! Tenslotte ben ík degene die altijd weg-

gaat. Wij zijn twee driftkoppen die beter af en toe elkáár kun-
nen toeschreeuwen. Boos of niet, ik was blij met je brief, en
zodra ik weer thuiskom mag je die witte vlerken van je op me
loslaten.

Met een droge klik springt het slot open. De deur blijft op de helft steken; een stapel kranten en enveloppen die erachter ligt, houdt hem tegen. Snel glip ik door de spleet naar binnen. Met mijn rug tegen de binnenkant van de deur blijf ik staan luisteren.

Ik kan mijn hart horen bonken. Zeker omdat het hier zo doodstil is. Rook het hier vroeger ook altijd zo muf? Ik haal diep adem en doe een paar stappen naar voren. De klapdeur tussen het halletje en de gang kraakt zo hard, dat ik hem van schrik weer loslaat. Bijna vlucht ik meteen weer naar buiten.

Waar ben ik eigenlijk bang voor? Malakoff heeft het me zelf gevraagd! Toch is het vreemd om in mijn eentje in zijn huis te zijn. Ik haal diep adem en duw opnieuw tegen de deur, voorzichtig nu, zodat hij alleen maar heel zachtjes kreunt.

In de gang is het lekker koel. De deuren naar de kamers staan open, maar er dringt bijna geen licht door tot hier. Alleen vanuit de keuken achterin valt een streep licht de gang in. Meteen rechts is de deur van de slaapkamer. Iets verderop aan de linkerkant is de deur naar de woonkamer. Voorzichtig loop ik om een tafeltje heen dat tegen de muur staat, en kijk om de hoek van de deur. De gordijnen zijn dicht. Het ruikt hier naar oude sigarettenrook.

'Hallo?' Ik kan het niet laten, ook al weet ik best dat niemand me hoort. Mijn stem klinkt hol in de lege kamer. Zonder Malakoff lijkt het hier veel groter. Door een smalle kier in de gordijnen kruipt de zon naar binnen. Op de tafel voor het raam staat een propvolle asbak tussen stapels muziekboeken. Op de piano zie ik er nog een.

Op mijn tenen loop ik langs de vertrouwde kasten in de achterkamer, met bladmuziek tot het plafond. Ze hebben veel meer planken dan een normale boekenkast. De boeken liggen plat, op kleine stapeltjes. Alleen voor de keukendeur is een opening uitgespaard. Dwars door de muur van bladmuziek stap ik de keuken in. Geel licht komt door de dunne gordijnen. Op de tafel ligt een hoge stapel muziekboeken. *Bach*, staat op het bovenste. Precies zoals Malakoff zei. Ik hou mijn tas open en pak zoveel boeken van de stapel als mijn andere hand vast kan houden. Snel laat ik ze in de tas glijden. Opeens krijg ik haast om weg te komen.

Als ik de klapdeur al door ben, hoor ik buiten stemmen. Ik herken meteen de schelle stem van de buurvrouw. Heel voorzichtig kijk ik door de brievenbus. Ze staat recht voor de deur te praten met een overbuurman. Zonder een enkele pauze buitelen de woorden over elkaar heen.

Na gisteren heb ik helemaal geen zin om haar tegen het lijf te lopen. Als ze me naar buiten ziet komen uit het huis van Malakoff, wil ze natuurlijk eerst weten wat ik hier doe, en daarna hoe het met hem is, en voor je het weet begint ze weer over Mees.

Dan maar liever even wachten tot ze weg is.

Zachtjes glip ik door de klapdeur terug de gang in. Met de tas tegen me aan geklemd loop ik besluiteloos heen en weer. Ik steek mijn hoofd om de deur van de slaapkamer. Dat is een goede plek om te wachten. Het raam zit vlak naast de voordeur, zodat ik meteen hoor wanneer de buurvrouw weggaat.

Met de gordijnen dicht is het hier net zo donker als in de woonkamer. Het duurt even voor ik wat kan zien. Zachtjes laat ik me op het bed zakken. Op het nachtkastje ligt een hoge stapel muziekboeken, en ook op de vloer ernaast.

Ik kruip in een hoekje van het bed en nestel me in een paar kussens die tegen de muur leunen. Het enige dat ik hoef te doen, is wachten tot het buiten stil wordt. En in de tussentijd zorgen dat ik niet in slaap val.

Maar het geratel van de buurvrouw vlak bij mijn hoofd moet genoeg zijn om me wakker te houden.

Hoe lang was het al stil?

Muis krabbelde overeind. Een stukje papier plakte aan haar wang. Ze was met haar hoofd boven op de snippers in slaap gevallen. Behalve de stukken die ze aan elkaar had geplakt, was alles door de war geraakt. Haar hand zocht onder het kussen en vond de tas met boeken. Dan was het nog niet te laat! Haastig veegde ze alle snippers in de tas en legde hem in de kast. De sleutel stopte ze in haar broekzak.

Op de gang was het stil. Er brandde één klein lampje. Ze glipte de deur uit en liep op haar blote voeten naar de lift. Telkens als de houten vloer kraakte, wachtte ze even. Het bleef stil. In de hoek bij de lift was het donker. Op de tast zocht ze het handvat en trok eraan. Net als anders zat er geen beweging in. Ze klom snel de trap op. Ook op de tweede verdieping zat het luik muurvast. Ze had nog één kans.

Op de derde verdieping was het aardedonker. Voetje voor voetje schuifelde ze langs de muur, tot ze het handvat voelde. Ze trok uit alle macht. Het bewoog! Heel langzaam schoof het luik een stukje omhoog. Door een smalle kier kwam licht naar buiten. Muis zette haar schouder onder het handvat en duwde. Het luik kreunde zacht, alsof het met tegenzin toegaf. De streep licht werd breder. Ze knipperde met haar ogen tegen het felle schijnsel en keek in een klein, rechthoekig hok. Paste ze daar wel in?

Naast een lampje zat een paneel met vijf knoppen. Bij elke knop stond een cijfer: van o tot 4. Er was een knop voor de vierde verdieping! Zenuwachtig probeerde ze naar binnen te klimmen. Als ze op haar hurken ging zitten en haar hoofd een beetje schuin hield, ging het net. Ze haalde diep adem en duwde op de 4. Er gebeurde niets. Misschien moest ze eerst het luik dichtdoen. Ze worstelde een arm vrij en trok aan het handvat. Vanaf de binnenkant kreeg ze het makkelijker dicht. Op het moment dat het luik dichtklapte, ging het licht uit. Ze zag geen hand voor ogen. Met een zuigend geluid kwam de lift in beweging. Ze kon niet goed voelen of hij omhoog ging of omlaag. Wat duurde het lang... het was toch maar een klein stukje? Bewoog de lift eigenlijk nog wel? Met bonzend hart wachtte ze af. Ze had het gevoel dat ze geen adem meer kreeg. Wat als de lift was gestopt, en ze er niet uit kon? Wat als niemand haar zou horen als ze zou roepen? Net toen ze haar mond opende om te schreeuwen, voelde ze een schok. De lift was gestopt. Ze schoof het luik open en rolde naar buiten. Opgelucht ademde ze verse lucht in.

Ze had verwacht dat alles hier heel anders zou zijn, maar het was net zo'n verdieping als de andere. Dezelfde gang, dezelfde deuren. Eén ervan stond open... dat moest de deur zijn van de kamer boven de hare.

Zachtjes duwde ze het luik dicht en stak op haar tenen de gang over. De kamer was donker. In de deuropening bleef ze staan.

Recht tegenover haar, naast de balkondeuren, stond een piano stil te glanzen in het schijnsel van de neonletters. De toetsen lichtten roze op. Voorzichtig kwam ze dichterbij.

Op het plankje boven de toetsen stond een opengeslagen muziekboek. Ze knipte een lampje aan dat op de piano stond. Er lag een kreukelig stuk papier naast.

Vlak achter de piano lag een smalle matras op de vloer, met het beddengoed verfrommeld aan het voeteneinde. Het andere pianoboek lag opengeslagen op het kussen. Op een bordje ernaast stond een restje pannenkoekentaart. Het grote bed verderop was glad opgemaakt en onbeslapen.

Ze bekeek het papier dat op de piano lag. Het stond vol met muzieknoten, zo te zien nogal haastig opgeschreven. Er was met blauwe pen iets boven gekrabbeld.

Canon a 2 per tonos, oftewel: Trappenloperslied
Als je het nog niet spelen kan, fluit het dan –
net als de vuurtorenman
(die er niet meer mee stoppen kan!)

Trappenloperslied... Muis fronste haar wenkbrauwen. Waar had ze dat woord eerder gezien? Nieuwsgierig schoof ze achter de toetsen en zette het blaadje rechtop voor zich neer. Het was een melodie die je met één hand kon spelen.

Met haar rechterhand sloeg ze de eerste paar noten aan, zo zacht dat ze het zelf amper kon horen. Ze moest haar best doen om de goede toetsen te vinden, het wemelde van de kruizen en mollen. Het lukte net goed genoeg om het deuntje te herkennen dat ze in het begin steeds had gehoord. Na acht maten begon de melodie opnieuw, maar dan een toon hoger. Vreemd, dat hij zo eenvoudig klonk, maar zo lastig was om te spelen. Langzaam klommen haar vingers hoger over de toetsen; ze konden er niet mee stoppen. Ze was allang vergeten om zacht te spelen.

'Waar heb je ze gelaten?'

Muis schoot overeind en knipte snel het lampje uit. Haar knie stootte hard tegen de piano. Iemand stond nonchalant tegen de deurpost geleund. Hoe was die hier gekomen? Ze zoog haar adem in en staarde naar de figuur. Door het licht dat uit de lift kwam, kon ze alleen een silhouet zien. Een enorme schaduw viel de kamer in. De lift! Ze had er niet aan gedacht om het luik open te laten staan.

'De andere boeken bedoel ik. Waar zijn ze?' De stem klonk hard, boos. De schaduw maakte zich los van de deur en kwam langzaam op haar af. Nu hij dichterbij kwam, werd hij steeds minder groot. Het roze licht van buiten scheen telkens even op een gezicht. Aan, uit. Het verscheen en verdween. Het was het gezicht van een meisje.

Was dát de pianist? Muis viel van verbazing terug op de pianokruk.

Was dit degene over wie de dieren nooit wilden praten? Van wie ze deden of ze niet bestond? Een meisje als zij, maar dan een half hoofd kleiner? Haar angst loste op in het niets.

'Bedoel je soms míjn pianoboeken, die jíj wegpakt zonder te vragen?' Muis stond op. Telkens als het roze licht even aansprong, kon ze het meisje een beetje beter bekijken. Ze had hetzelfde springerige rode haar als zijzelf, en dezelfde donkere ogen. Alleen stonden die van het meisje veel bozer. Het spiegelbeeld... dat mijn spiegelbeeld niet is, dacht Muis verrast.

'Ik leen ze alleen maar even. Ik maak ze heus niet kwijt.' Het meisje raapte het papier op dat van de piano was gevallen. Ze drukte het blaadje beschermend tegen haar borst en probeerde het voorzichtig glad te strijken.

'Hoe heet je?' vroeg ze kortaf.

'Muis,' zei Muis.

'Wat is dát voor een naam?' Het meisje lachte schamper. 'Zelfs een muis wens je nog een betere toe.'

Muis keek haar verbouwereerd aan. 'Bij ons heeft iedereen een vogel-naam, behalve ik.' Verbaasd luisterde ze naar haar eigen woorden.

'Waarom zit jij beneden met die dieren aan te pappen?' Het meisje pak-te het pianoboek van de standaard en sloot de klep met een vinnige tik.

'De dieren zijn gewoon aardig,' zei Muis. Aardiger dan jij, dacht ze erachteraan. 'Ik begrijp niet wat je tegen ze hebt.'

'Wat ik tegen ze heb?' Het meisje keek haar uitdagend aan. 'Dat stom-me geklets van ze, om te beginnen.'

'Dus daarom zit je liever in je eentje hier boven?' Muis staarde onge-lovig terug.

Het meisje zette haar handen in haar zij. 'Zou jíj het leuk vinden om al die tijd met twee pratende dieren opgescheept te zitten zonder dat je weet waarom, en nergens heen te kunnen?' Ze keerde zich bruusk om en pakte het pianoboek dat op het bed lag.

Muis keek haar onderzoekend aan. Dat is precies wat er met mij is gebeurd, dacht ze verwonderd.

'Stuur de nieuwe boeken maar met de lift naar boven.' Het meisje duwde Muis zo hard de twee boeken in handen dat ze een stap naar achteren moest doen om niet te vallen. 'Je hoeft zelf niet mee te komen.' Muis begon behoorlijk genoeg van het meisje te krijgen. Het leek wel of ze haar uiterste best deed om niet aardig gevonden te worden. Als dat is wat ze wil – mij best, dacht Muis. Zonder nog iets te zeggen liep ze de gang in en begon zich weer in de lift te wringen.

'Ga jij maar weer fijn naar die beesten van je.' Het meisje was haar gevolgd. 'Zelfs je tas dragen ze nog achter je aan.'

'Die tas was ik verloren.' Muis stak haar hand uit naar de knop met de 1, maar het meisje pakte haar pols.

'Toen ík hier aankwam en míjn tas verloor, kwam niemand 'm achter me aandragen. Ik heb me suf gezocht.'

'Dan had je het ze misschien aardiger moeten vragen.' Muis trok haar hand los en duwde op de knop. 'Fermer heeft mijn tas teruggegeven. Dantzig had hem gevonden.'

'Toe maar, nu hebben ze al námen!' spotte het meisje. Het laatste woord rekte ze zo ver mogelijk uit.

'Hoe heet jíj eigenlijk,' snauwde Muis, die haar geduld begon te verliezen. In plaats van te antwoorden, pakte het meisje het handvat beet.

'Denk erom dat je die lift meteen terugstuurt!' Met een harde klap gooide ze het luik dicht. Het licht ging uit. De lift kwam met een zucht in beweging.

'Onmiddellijk, hoor je!' kon Muis haar nog horen roepen. Maar ze was veel te boos om bang te zijn. Barst maar, dacht ze. Jij krijgt niet één boek meer.

Beneden klom ze uit de lift en liep rechtdoor haar kamer in, naar de kast. Ze stopte de twee boeken bij de andere. 'Niet één!' zei ze hardop, gooide de tas op het bed en liet zich ernaast vallen. Geen wonder dat de dieren niets met haar te maken willen hebben, dacht ze verontwaardigd. Ik hoef haar óók niet meer te zien.

Ze staarde koppig naar het plafond en probeerde niet te letten op de

vragen die door haar hoofd spookten. Hoe kon er met het meisje hetzelfde zijn gebeurd als met haar? En was het toeval dat ze zo op elkaar
leken?

Geërgerd kwam ze overeind. Ze wilde helemaal niet lijken op een of
ander boos meisje dat in haar eentje boven zat en nare dingen zei. En
ze had al helemaal geen zin om er nog over na te denken. Ze griste de
tas van het bed en liep met grote passen naar de lift. Zonder te kijken
trok ze er een boek uit en gooide het in de lift. Ze aarzelde even, en liet
toen de rest van de boeken erbovenop vallen. Hoefde dat rotkind in
elk geval niet meer op haar kamer te komen. Voordat ze zich kon
bedenken stuurde ze de lift naar boven.

Ze gooide de deur achter zich dicht en liep terug naar haar bed. Boven
begon de piano met horten en stoten te spelen. Ze draaide zich op haar
zij en knipte het licht uit. Maar ook in het donker bleef ze het meisje
voor zich zien, het gekreukelde muziekstuk tegen haar borst gedrukt.

Trappenloperslied...

Ze schoot overeind. Opeens wist ze weer waar ze dat woord eerder had
gezien! Ze deed het licht weer aan, trok de tas naar zich toe en keerde
hem om. Haar vingers zochten door de berg papier tot ze het goede
stukje te pakken hadden. Het was beschreven met blauwe pen. Daar
waren er nog veel meer van. Vastberaden boog ze zich over de snippers en ging aan het werk.

*voor je brief! Hij lag op me te wachten als een helder lichtje in de
mist, die hier maar niet op wil trekken. Van al dat gladde water en
die mist moet ik steeds ontzettend gapen. En als ik daar eenmaal
mee begin, kan ik niet meer stoppen, dus om mezelf af te leiden
liep ik vanmiddag de pier op. Aan het einde ervan doemde opeens
een vuurtoren op. De bovenste helft lag in de wolken. De deur
stond op een kier, maar er was niemand. Ik wilde zelf ook wel even
met mijn hoofd in de wolken lopen, dus ik begon te klimmen. De
trap draaide en draaide maar rond; op de maat van een deuntje in
mijn hoofd klom ik verder, en pas na een tijdje besefte ik dat ik het
trappenloperslied liep te neuriën. Weet je nog dat ik het voor je zou
spelen als ik thuiskom? Daardoor moest ik weer denken aan hoe
prachtig jij hebt gespeeld voor ons, en zo begon ik me al aardig in
de wolken te voelen, nog voor ik goed en wel boven was. Met jou in
mijn hoofd maakte ik een rondje over de bovenste balustrade, op de
wijs van het trappenloperslied. Samen zwierden we boven de onzichtbare wereld. Wist je eigenlijk wel dat je heel goed dansen kan?
Het hielp trouwens ook nog uitstekend tegen het gapen.
Onze dans werd verstoord door de vuurtorenwachter, die plotseling
achter me stond. Ik kon hem niet verstaan, maar hij gebaarde dat
ik naar beneden moest. Gelukkig lachte hij er vriendelijk bij. Op
weg naar beneden liep ik blijkbaar nog steeds te neuriën, want na
een tijdje hoorde ik de vuurtorenwachter zachtjes meefluiten,
opnieuw en opnieuw en opnieuw, net of hij er ook al niet mee kon
stoppen!
Terug op de boot heb ik het stuk meteen opgezocht en overgeschre-*

ven. Alleen de melodie; de andere partij kent die oude violier vast wel uit zijn hoofd. Ik stuur het je vast. Als jij het voor me bewaart, weet ik zeker dat het er is als ik de volgende keer thuiskom.

Het is eigenlijk een canon en in het echt heet hij anders, maar trappenloperslied vind ik beter passen. Na elke acht maten begint de melodie opnieuw. En elke volgende keer klimt hij één toon omhoog. Dat kun je op papier goed zien. Maar als je luistert, gebeurt het zó stiekem dat je het eerst helemaal niet doorhebt. Pas na een tijdje beginnen je oren het te merken.

Bach haalde dat soort grapjes wel meer uit. Hij stopte graag allerlei raadsels in de stukken die hij componeerde. Boven de muziek waar deze canon bij hoort, schreef hij het woord ricercar, wat zoiets als 'zoeken' betekent. Dus eigenlijk speel je een soort 'ik-zie-ik-zie-wat-jij-niet-ziet' met iemand van honderden jaren geleden, dwars door de tijd heen!

Hoe vaker je luistert naar zijn muziek, hoe meer je ontdekt. En hoe meer je vindt, hoe nieuwsgieriger je wordt. En hoe nieuwsgieriger, hoe harder je zoekt… ja ja, ik weet het, ik draaf weer door. Ik hou al op!

Schrijf me als je wilt poste restante in Helsinki (als je snel bent) of anders in Stockholm. Ik omhels je in gedachten.

P.S. Die vuurtorenwachter krijgt natuurlijk voorlopig dat deuntje niet meer uit zijn hoofd, want zo gaat dat, met toevallige deuntjes. Als er eenmaal eentje is komen aanwaaien, kom je er niet zo makkelijk vanaf. En telkens als hij het fluit, neemt iemand het van hem over, zonder nadenken, want zo gaat dat, met een deuntje dat je zomaar ergens oppikt. Dus voor je het weet hoor je hier in de wijde omtrek overal het trappenloperslied!

'Jullie kunnen ophouden met te doen alsof ze niet bestaat.' Muis viel het wachtlokaal binnen. Fermer stond gebukt bij de buitendeur en draaide iets aan met een schroevendraaier.

'Ik ben op de vierde verdieping geweest.' Ze keek hem afwachtend aan. De ochtendzon kwam door de openstaande deur naar binnen. Het felle licht maakte haar duizelig. Door het gepuzzel met de snippers had ze bijna geen oog dichtgedaan.

'Die deur kan eindelijk weer fatsoenlijk dicht.' Fermer kwam langzaam overeind. Hij gaf haar een vriendelijk klopje op haar schouder en liep naar de bar. Muis volgde hem op de voet.

'Ik zei al tegen Dantzig dat het niet lang zou duren.' Hij schoof een schaal met broodjes over de bar naar haar toe. 'Voor je haar tegen zou komen, bedoel ik.'

'Geen wonder dat Dantzig haar met mij verwarde.' Muis klom op een barkruk. Ze kon Dantzig buiten bij de bus horen scharrelen.

'Het is inderdaad opvallend, hoe jullie op het eerste gezicht op elkaar lijken. Maar als je beter kijkt, zie je de verschillen.' Fermer hield zijn kop scheef en grijnsde zoals hij altijd grijnsde.

'Dantzig wilde niet dat ik je over haar vertelde.' Fermer knikte in de richting van de buitendeur. 'Hij was zo overstuur, dat ik zo dom was om het te beloven.'

'Maar waarom dan?' Muis pakte een broodje van de schaal. Fermer fronste naar de schaal en begon hem afwezig rond te draaien.

'Het is wel een jaar geleden dat zij aankwam, maar ik weet het nog precies,' zei hij na een tijdje. Muis nam een hap van haar broodje en wachtte ongeduldig tot hij verderging.

156

'Het was zo'n dag waarop het weer opeens omsloeg.Vanuit het niets barstte er een vreselijk noodweer los. Alsof het plotseling winter werd, midden in de zomer. Het was zo koud dat ik de kachels moest aansteken.' Hij keek haar met grote ogen aan, alsof hij zich er opnieuw over verbaasde.

'Opeens vloog die deur open, en daar stond ze. Druipend en rillend. Een verzopen vogeltje.' Zijn blik gleed langs haar heen naar de deuropening. Muis vergat te eten. Zelfs buiten was het stil geworden.

'Kachels aan in hartje zomer! Dat was nog nooit gebeurd.' Hij keek van het ene kacheltje naar het andere. 'En sindsdien is het nog maar één keer nodig geweest.'

'Dus die andere keer...' Muis keek hem vragend aan.

'Was op de dag dat jij aankwam.' Fermer knikte. 'Zodra ik je zag staan, dacht ik: dit heb ik allemaal al eens precies zo meegemaakt. Eerst het plotselinge noodweer, de kou, de kachels, en dan... precies zo'n zelfde meisje op de stoep. Druipnat.' Fermer staarde haar peinzend aan. 'De tijd ertussen leek wel verdwenen.' Het was meer of hij dwars door haar heen staarde.

'Voor ik wist wat ik deed, zag ik mezelf op je af lopen. Net als de vorige keer bij háár. Het ging eigenlijk vanzelf. Ik trok dezelfde stoel naar achteren, en ik hoorde mezelf precies dezelfde woorden zeggen.' Hij fronste. 'Bijna... alsof het me werd voorgezegd.'

Muis deed haar best om hem te volgen.

'Als alles precies hetzelfde was als toen, hoe wist je dan dat ik... anders was?' vroeg ze.

'Omdat je anders reageerde.' Fermer liet de schaal los en leunde op de bar. 'Jij werd helemaal niet boos toen ik tegen je begon te praten. Eerder een tikje verlegen.' Hij glimlachte bij de herinnering. 'Jij ging gewoon zitten op de stoel die ik je aanbood.'

'Boos?' Muis dacht terug aan die eerste middag. Ze was eerder bang geweest.

'Zij werd woedend.' Fermer gebaarde met zijn kop naar het plafond.

'Vanaf het moment dat ik mijn mond opendeed. Ze wilde niet gaan zitten, en ze wilde niet met ons praten. Ze stond daar maar, met haar armen over elkaar. Ze was zo...' Hij kon geen woord vinden dat paste. Muis dacht aan vannacht en knikte begrijpend. Ze wist precies wat hij bedoelde.

'Ze vroeg steeds maar of er niet iemand was met wie ze kon praten. Zo vreemd. Wij waren er toch? Het leek wel of ze vond dat wij niet meetelden. Ze noemde ons, wat was het woord ook weer...'

'Kinderachtig.'

Muis keek om. Dantzig stond achter haar in de deuropening.

'Ze vond ons kinderachtig. Omdat we praatten.' Zijn ogen keken donker van haar naar Fermer. 'Begrijp jij het? Zij praatte zelf toch ook?' Hij snoof verachtelijk.

'Ze wilde helemaal niets met ons te maken hebben. Meteen vanaf het begin. Ze deed alsof we niet bestonden. Ze begon op eigen houtje het hele hotel te doorzoeken. Wij achter haar aan natuurlijk, maar ze wuifde ons gewoon opzij.' Dantzig kwam dichterbij.

'In het begin deed ze nog haar best om hier weg te komen. Elke ochtend vertrok ze opnieuw. Maar het lukte haar niet om in haar eentje de vlakte over te steken.' Hij grijnsde een beetje vals.

'Elke avond kwam ze terug, nog bozer dan toen ze vertrok, en verdween zonder iets te zeggen naar boven. Ze zat toen nog op de kamer die jij nu hebt.' Hij kroop op de kruk naast Muis.

'Eerst dachten we, die trekt wel bij.' Fermer nam het weer over. Hij pakte een broodje en gooide het naar Dantzig, die het met één poot opving. 'Die komt wel weer naar beneden, zeiden we tegen elkaar. Maar in plaats daarvan trok ze zich steeds verder terug.' Hij keek spijtig voor zich uit.

'Zodra ze de lift ontdekte, verhuisde ze naar de vierde verdieping en zagen we haar amper nog. Sindsdien blijven we zoveel mogelijk uit elkaars slinger. Alleen als ze iets nodig heeft, komt ze naar beneden. Meestal merk ik pas achteraf dat ze in de keuken is geweest.'

Muis keerde zich naar Dantzig. 'Waarom moet ze jou altijd hebben?'
Dantzig scheurde zonder iets te zeggen met zijn tanden een broodje
doormidden en kauwde met veel lawaai. Opeens sprong hij overeind,
greep nog een broodje en verdween naar buiten.

Muis keek vragend naar Fermer. Hij leunde op de tapkraan en keek
meewarig naar de deur. Van buiten kwam het geluid van gehamer op
metaal.

'Toen ze doorhad dat ze in haar eentje nooit de vlakte over zou komen,
begon ze Dantzig te bestoken met vragen over de bus. Ze achtervolg-
de hem overal; hij werd doodnerveus van haar. Hij deed zijn best, maar
hij kreeg dat ding niet aan de praat.' Hij schudde zijn hoofd op de maat
van het gehamer, dat in hoog tempo doorging.

'Toen is het pesten begonnen. En Dantzig... hij kan het niet laten om te
happen. Ook al heb ik hem duizend keer uitgelegd dat hij dat nou juist
niet moet doen. Als ik niet beter wist, zou ik bijna gaan denken dat ze
graag met elkaar overhoop liggen.' Hij glimlachte kort, maar keek
meteen weer zorgelijk.

'Het was alsof Dantzig het op een dag gewoon opgaf. In plaats van aan
de bus te sleutelen, hing hij hier de hele dag aan de bar. En van het een
kwam al snel het ander...' Zijn stem zakte weg. Het bleef een tijdje stil.

'Dat gehang van Dantzig vlak onder mijn neus, en dan op zolder zo'n
meisje dat ook al nergens aan mee wilde doen, daar werd ik zó treurig
van. Al dat nietsdoen leek wel een besmettelijke ziekte.' Er verscheen
een diepe frons in zijn voorhoofd.

'Het werd hier een steeds grotere rommel. Eerst zag ik het nog wel,
maar het lukte mij ook niet meer er nog iets aan te veranderen. Na een
tijdje konden we alleen nog... wachten. Wachten tot er iets zou gebeuren. Maar er gebeurde niets. Het was of de tijd stil was gaan staan. En
wij zaten erin gevangen.' Fermer huiverde. Een hele tijd staarde hij dof
voor zich uit. Muis durfde hem niet te storen.

'Tot de dag waarop jij kwam.' Hij keek haar onderzoekend aan. 'Zodra
jij hier over de drempel stapte en gewoon op een stoel ging zitten, werd

alles anders. Of beter gezegd: alles werd normaal. Alsof de tijd ons plotseling met een zucht weer liet ontsnappen.' Fermer keek alsof hij zijn
eigen woorden niet helemaal begreep.

'Sindsdien begint er overal weer beweging in te komen. Net of jij de
tijd een duwtje hebt gegeven.' Hij wees om zich heen.

'Ik begin me weer te herinneren hoe je moet koken. Dantzig rommelt
aan zijn bus...' Fermer wees naar buiten.

'Toen hij eenmaal geloofde dat je iemand anders was, liet Dantzig me
beloven dat ik je niet over het meisje zou vertellen. Hij wilde jullie ont-
moeting zo lang mogelijk uitstellen. Hij was doodsbang dat ze jou zou
inpalmen en hij voortaan tegen jullie tweeën zou moeten opboksen.
Maar eigenlijk...' Hij keek haar nadenkend aan.

'Eigenlijk is het eerder andersom. Zelfs daarboven begint er iets te veranderen.' Hij wees naar het plafond. 'We zijn blij dat ze nu jouw boeken mag... lenen.' Hij knipoogde. Muis begon te begrijpen dat Fermer
meer zag dan ze had gedacht.

'Tot die tijd speelde ze altijd maar datzelfde eindeloze liedje, opnieuw
en opnieuw...' Hij rolde met zijn ogen. 'Om gek van te worden. We konden alleen maar doen alsof we het niet hoorden.'

'Nu begrijp ik ook waarom Dantzig zo boos werd over de letters op het
dak,' zei Muis opeens.

'Ze laat hem er niet in.' Fermer kon een brede grijns niet onderdrukken. 'Hij vindt het vreselijk dat jij er telkens over begint!'

Muis grinnikte mee zonder het te willen. Haar lach bevroor halverwege. Een harde knal dreunde door de lucht. Meteen daarna begon er
iets laag te grommen. Het geluid kwam van buiten. Ze konden Dantzig
erbovenuit horen schreeuwen.

Fermer was het eerste bij de deur. Muis stormde angstig achter hem
aan. De tweede knal was zo luid dat ze hem kon voelen. Hij klonk alsof de bus werd opgeblazen.

Als een speer schiet ik overeind. Mijn oren suizen nog na.
Wat was dat voor klap? Ik hou mijn adem in en luister. Zijn dat voetstappen die ik hoor? Komen ze dichterbij? Het is donker en benauwd om me heen. Het duurt even voor ik weet waar ik ben. Dan begrijp ik ook wat de klap was die me wakker heeft gemaakt: de deur die dichtsloeg, vlak naast me in het portiek. Opgelucht hoor ik de buurvrouw langzaam de trap op lopen. Haar voetstappen klinken steeds verder weg. Dan wordt het stil.
Ik laat me van het bed glijden. Haastig grijp ik mijn tas en ren de kamer uit. Wegwezen! Voordat ik weet wat er gebeurt, lig ik languit op mijn buik in de gang.

'Niet te geloven...' Fermer kwam niet verder dan wat hees gefluister. Muis durfde niet te kijken.

'Het is hem gelukt...'

Voorzichtig gluurde ze over zijn schouder naar buiten. Te midden van dikke wolken rook stond de bus te schudden en te trillen. Dantzig zat achter het stuur. Eén poot hing nonchalant uit het raampje.

'Alles verandert hier maar raak,' mompelde Fermer. Hij keek zo verbijsterd dat Muis opgelucht in de lach schoot.

'Instappen!' Dantzig sloeg ongeduldig met zijn poot tegen de zijkant van de bus. 'We gaan een proefrit maken!' Hij probeerde luchtig te klinken, maar zijn ogen glommen.

'Ga jij maar.' Fermer gaf Muis een duwtje. 'Dat zal hij leuk vinden. Ik heb nog het een en ander in de oven staan.'

Muis zette een voet op de treeplank. Opeens kon ze het niet laten om even omhoog te kijken. Haar ogen zochten de balkondeuren op de bovenste verdieping. Zag ze daar iets bewegen?

'Klaar?' Dantzig trapte een paar keer het gaspedaal in. De motor brulde. Nog voor de deur van de bus helemaal dicht was, schoten ze vooruit. Muis viel neer op een bank schuin achter de bestuurder. Met twee handen klampte ze zich vast aan de leuning van de stoel voor haar. Alles trilde en bonkte. Vanuit haar ooghoek zag ze nog net hoe Fermer hen wijdbeens stond na te kijken. Ze had wel naar hem willen zwaaien, maar ze durfde zelfs niet één hand los te laten.

De rode vlakte zat vol kuilen en hobbels. Telkens wanneer de bus een eind de lucht in schoot, gilde Dantzig van plezier. Muis lachte uitgelaten mee. Ze werd elke keer omhoog gegooid en zweefde even in het niets, voordat ze weer met een klap in haar stoel werd gesmeten. Af en toe raakte haar hoofd bijna het dak.

'Luister!' Dantzig stak een poot in de lucht. De bus zwalkte heen en weer. 'Hoor je die motor? Wát een geluidje... Mooiere muziek bestaat er niet!' Innig tevreden bromde hij mee met het geronk van de motor. Zodra hij zijn andere poot weer op het stuur legde, werd het slingeren minder. Zijn rijstijl maakte haar behoorlijk draaierig.

'De hele wereld ligt voor je open!' riep Dantzig. 'Waar wil je heen?'

Muis klemde de leuning vóór haar beet en schoof tot op het puntje van haar stoel. Buiten was niets dan zand, zover ze kon zien, en wie weet hoeveel verder nog.

'Naar de rand van de vlakte!' riep ze terug. Ergens moest die toch ophouden. Ze leunde naar voren en tuurde ingespannen naar de horizon.

'Dan mogen we wel voortmaken.' Dantzig grijnsde en liet de motor loeien. Ze schoten zo hard vooruit dat Muis achterover in haar stoel werd geduwd. Op hetzelfde moment klonk er een knal. Dantzig trok zijn wenkbrauwen op, nam wat gas terug en schakelde. Weer zo'n klap.

'Daar moet ik even naar kijken,' mompelde hij, terwijl hij boven op de rem ging staan. Net zo plotseling als ze naar achteren was geduwd, werd ze naar voren geslingerd. Haar hoofd botste tegen de stoelleuning voor haar. Nog voor de bus helemaal stilstond was Dantzig al buiten. Toen Muis de treeplank af kwam, was hij al mompelend onder de motorkap verdwenen.

Ze wreef over de pijnlijke plek op haar voorhoofd en keek ongeduldig om zich heen. Zo schoten ze niet op. De motor tikte zachtjes na. Verder was het doodstil. Of... hoorde ze toch iets? Een ijl geluid, ergens in de verte. Ze zette een paar stappen. Het kwam en ging, met elke windvlaag. Een soort geschetter. En dan weer regelmatig gedreun. Als iets dat de maat sloeg.

'Hoor jij dat ook?' Muis stootte Dantzig aan, die zich net van de motorkap liet glijden. 'Het lijkt wel muziek... volgens mij komt het dáár vandaan.' Ze wees achter zich. 'We moeten die kant op!'

Dantzig krabde op zijn kop en stapte op de treeplank. 'We moeten terug,' zei hij, en wees in de tegenovergestelde richting. 'Ik maak me zorgen om die knallen.'

'Maar luister dan!' Muis trok aan zijn arm en legde een vinger op haar lippen.

'Ik hoor niks.' Dantzig keek afwezig in de richting die ze aanwees en haalde zijn schouders op. Muis spitste haar oren, maar nu hoorde zij het ook niet meer.

'Als we doorrijden kan de hele boel wel in de prak draaien.' Dantzig schoof achter het stuur en startte de motor. Hij maakte met de bus een halve cirkel en stopte precies voor Muis. Met tegenzin klom ze naar binnen. Ze ging achterstevoren op haar knieën op de bank zitten en tuurde door de achterruit naar de horizon. Ze zag niets dan zand. Had ze zich die muziek verbeeld?

'Het zou heel goed de ontsteking kunnen zijn,' mompelde Dantzig bij de volgende knal. Muis draaide zich om en liet zich in haar stoel vallen.

'Of anders die roestige nokkenas...' Hij tuurde zorgelijk voor zich uit. Muis deed haar ogen dicht en leunde achterover. Het geknal werd minder. Maar waar kwam dat geklapper nou opeens vandaan? Ze zuchtte en deed haar ogen weer open.

Het leek van de stoel voor haar te komen. Tussen de leuning en de zitting stak iets blauws uit. Door het harde rijden moest het zijn losgetrild. Ze boog zich naar voren en probeerde het weer op zijn plaats te duwen, maar in plaats daarvan viel het er nu helemaal uit. Ze raapte het op. Het was een stuk papier.

Dantzig had geprobeerd het rammelen te stoppen door het wel tien keer dubbel te vouwen en tussen de zitting en de leuning te proppen. Muis glimlachte. Hij dacht dat papier een oplossing was voor bijna alles. Ze vouwde het open.

Het was een lichtblauwe envelop. *AIRMAIL*, stond in de linkerbovenhoek met blauwe drukletters. Er zat een scheur in waar ze hem langs een schroefje had getrokken. Ze keek er nieuwsgierig in, maar hij was leeg. Van het adres kon ze niet veel maken. De inkt was zo te zien nat geweest en uitgevlekt.

'Hoe kom je hieraan?' Muis leunde naar voren en zwaaide met de envelop.

Dantzig keek om. De bus maakte een slinger. Ze voelde een golf van misselijkheid opkomen.

'Gewoon, gevonden. Gisteren geloof ik,' zei hij onverschillig. 'Of was het eergisteren? Zeker komen aanwaaien in dezelfde storm als jij.' Hij knipoogde naar haar, maar keek meteen weer ernstig toen er twee knallen vlak op elkaar volgden.

'Misschien is het de versnellingsbak.' Hij schakelde en luisterde aandachtig. Er volgde alleen een plofje.

'Zat er iets in?' vroeg Muis gretig.

'Wat kan mij die oude rommel nou schelen!' viel Dantzig plotseling ongeduldig uit. 'Ik heb belangrijker dingen aan mijn hoofd! Wat als de kleppen blijken te lekken?' Hij trapte het gaspedaal in en gooide vertwijfeld zijn voorpoten in de lucht. De bus slingerde gevaarlijk. De knal die volgde was oorverdovend.

Haastig propte Muis de envelop in haar broekzak. Dit was geen goed moment om Dantzig lastig te vallen. Ze ging rechtop zitten en staarde door de voorruit in de verte. Dat hielp altijd het beste bij wagenziekte. Ze richtte haar ogen op de heuvel, die langzaam groter werd. Het duurde even voor ze merkte dat ze een deuntje zat te neuriën. Het trappenloperslied. *Zo gaat dat met een deuntje dat je zomaar ergens hoort...* zoiets stond er in de brief die ze vannacht aan elkaar had zitten plakken. Ze was niet gaan slapen voordat alle snippers met blauwe pen op waren.

Sinds ze die brief had gelezen, spookte er een vraag rond in haar hoofd. Hoe kwam het meisje aan een stuk muziekpapier met hetzelfde lied als waar het in de brief over ging? Muis dacht aan het gebaar waarmee het meisje het papier tegen zich aanklemde en voorzichtig had gladgestreken.

Ze haalde haar schouders op. Waarschijnlijk had ze het gewoon ergens gevonden, net als Dantzig de snippers. Ze probeerde de vraag weer weg te duwen en tuurde koppig voor zich uit, tot ze eindelijk het hotel zag opduiken.

Fermer stond op een hoge ladder voor het wachtlokaal en sleepte een enorme lap stof achter zich aan naar boven. Halverwege keerde hij zich wiebelig naar de bus en zwaaide voorzichtig. Daarna klom hij verder omhoog en begon de lap als een soort luifel aan de muur te bevestigen. Hij was wit met brede gele strepen, die vrolijk afstaken bij het wit van de muur. Fermer verdween er bijna helemaal onder.

De bus stond nog niet stil of Dantzig was alweer onder de motorkap verdwenen. Muis kwam voorzichtig het trapje af en leunde draaierig tegen het portier. Misschien moet ik even gaan liggen, dacht ze. Langzaam liep ze de hal in en de trap op. Eerst een nacht bijna niet geslapen, en dan deze rit... geen wonder dat ze stond te zwaaien op haar benen.

In gedachten verzonken deed ze de deur van haar kamer open en bleef geschrokken staan. Op haar eigen hoofdkussen lag een bos rood warrig haar. Twee spichtige schoudertjes staken boven het laken uit. Net een vogeltje, dacht Muis.

Ze fronste haar wenkbrauwen, zette haar handen in haar zij en wachtte.

Het meisje draaide zich langzaam op haar rug.

'Ik heb de hele ochtend op je gewacht,' zei ze. Ze rekte zich op haar gemak uit en vouwde haar armen onder haar hoofd. Verbaasd zag Muis hoe er een brede lach op haar gezicht verscheen.

'Ik was al even bang dat je niet terug zou komen.'

166

Verdwaasd krabbel ik op. Mijn tas is uit mijn handen gevlogen. Mijn vingers zoeken langs de muur tot ze eindelijk de lichtscha- kelaar vinden. Ik ben gestruikeld over het hoge tafeltje naast de woonkamer. De muziekboeken die erop lagen, zijn verspreid door de hele gang. Ongeduldig zet ik mijn tas tegen de muur. Dit gaat wel even duren. Met een zucht laat ik me tussen de boeken op de grond zakken en begin ze bij elkaar te rapen.

'Wat kom je doen?' Muis vouwde haar armen over elkaar en keek stuurs op het meisje neer. 'Ik heb je alle muziekboeken al gegeven; meer zijn er niet.'

Het meisje trapte het laken van zich af en stak haar benen recht omhoog in de lucht. In de zool van een van haar gympen zat een gat. 'Weet je wat gek is?' Ze liet haar voeten wiebelen.

Onwillig haalde Muis haar schouders op.

'Dit.' Het meisje gebaarde met haar hoofd naar iets wits dat naast haar lag. Muis pakte het op. Het was een tas die van dezelfde stof was gemaakt als die van haar, met net zo'n hengsel. Alleen was deze niet meer erg wit maar vuil, en tot op de draad versleten. Verwonderd draaide ze hem om en om. Hij voelde zo vertrouwd alsof hij van haar was.

'Hoe kom je daaraan?' vroeg ze achterdochtig.

'Die had ik bij me toen ik hier kwam. Net als jij.' Het meisje trok haar benen in en vouwde haar armen eromheen. Ze keek opzij naar Muis en glimlachte.

Was dit hetzelfde meisje als vannacht? dacht Muis verward.

Het meisje draaide zich op haar zij en kwam half overeind. 'Vind jij dat wij op elkaar lijken?' Ze steunde op haar elleboog en keek Muis doordringend aan.

'Een beetje,' zei Muis kortaf. Zonder haar aan te kijken legde ze de tas terug. Ze aarzelde, maar haar nieuwsgierigheid won het van haar ergernis.

'Hoe oud was jij toen je hier kwam?' vroeg ze.

'Tien.' Het meisje bleef maar kijken.

'En nu?'

'Ook tien natuurlijk.'

'Wanneer word je dan elf?'

'Elf?' Het meisje trok haar wenkbrauwen hoog op. 'Waarom zou ik elf worden? Tien vind ik een mooi getal.'

Dat is in elk geval een verschil tussen haar en mij, dacht Muis, want ik word bijna twaalf. *Twaalf?* Ze staarde het meisje aan. Ik herinner me weer iets, wilde ze bijna zeggen, maar ze hield het in.

'Weet jij nog iets van voor je hier kwam?' vroeg ze in plaats daarvan.

'Hiervóór?' De wenkbrauwen gingen nog verder omhoog. 'Ik weet niet of ik hiervoor ergens anders was. Ik weet niet eens...' Haar ogen schoten onzeker naar Muis en weer terug. 'Ik weet niet eens hoe ik heet.'

'Dat had ik óók!' Muis liet zich op de rand van het bed zakken. Ze keek zo verbaasd dat het meisje begon te giechelen.

'Het lijkt wel of er per ongeluk twee keer hetzelfde is gebeurd.' Ze duwde zich verder overeind en kwam naast Muis zitten.

'Hoe kan dat dan?' Muis keek haar van opzij aan. Het meisje haalde haar schouders op en liet haar benen heen en weer zwaaien. Allebei waren ze een tijdje stil.

'Weet je wat Fermer zei?' Muis fronste haar voorhoofd. 'Hij zei dat het leek of de tijd hier stil was gaan staan. En dat hij nu weer is gaan lopen.'

'Als hij bedoelt dat het hier een dooie boel was voordat jij kwam, dan geef ik hem groot gelijk.' Het meisje sprong overeind. 'Sinds jij er bent, gebeurt er hier eindelijk eens wat. Kom je nog?'

'Waarheen?' vroeg Muis afwezig. Als ze maar even rustig na kon denken, dan zou het allemaal wel duidelijker worden.

'Naar boven natuurlijk.' Bij de deur keerde het meisje zich om. 'Ik heb de hele ochtend al zitten wachten!' Ze hing haar tas schuin over haar borst en wenkte ongeduldig.

'Wat zat er eigenlijk in jouw tas toen je aankwam?' vroeg Muis terwijl ze opstond. Ze deed haar best om het zo onverschillig mogelijk te laten klinken.

169

Het meisje haalde haar schouders op. 'Toen ik hem na de storm terug-vond, was dit alles wat erin zat.' Ze trok het verkreukelde trappen-loperslied tevoorschijn en wapperde er even mee. 'Jij eerst.' Ze duw-de Muis voor zich uit naar de lift. Afwezig klom Muis naar binnen.

'Meteen terugsturen hoor!' Het meisje duwde op de 4 en gooide met een klap het luik dicht. Het licht ging uit.

Dus het meisje had het trappenloperslied bij zich toen ze aankwam.

Ik stuur het je vast, stond er in de brief. *Zodat jij het voor me kunt bewaren.*

Als het trappenloperslied van het meisje was, moesten de brieven ook van haar zijn. Of beter gezegd, de snippers.

De lift begon te bewegen.

Ze waren natuurlijk uit haar tas gevallen toen het meisje die was ver-loren. Dantzig had ze gevonden terwijl ze over de vlakte waaiden — net als haar eigen muziekboeken, een jaar later.

Muis staarde in het donker en probeerde te begrijpen waarom iemand haar eigen brieven in stukjes zou scheuren. Als *ík* zulke mooie brieven kreeg, zou ik er in elk geval beter mee omgaan, dacht ze een beetje jaloers.

Nog voor ze de lift uit was, werd er beneden al ongeduldig op het luik gebonkt. Muis stuurde hem terug en liep de kamer van het meisje in.

Het was er benauwd. Verspreid rond de matras lagen de muziekboe-ken.

Ze liep naar het raam en zette de balkondeuren open. Onder haar wap-perde het randje van de nieuwe luifel vrolijk heen en weer. Dantzig stond op de kist over de motor gebogen.

Versnipperd of niet — als de brieven van het meisje zijn, moet ik ze haar teruggeven, dacht Muis met tegenzin.

Achter haar ging de lift open. Het meisje kwam met snelle voetstappen op haar af en trok haar mee naar de piano.

'Je moet me helpen.' Ze duwde haar op de pianokruk en schoof er zelf naast. 'Sommige delen snap ik niet.' Ze sloeg het boek op de standaard open en prikte met haar vinger naar de noten. 'Bijvoorbeeld hier. Deze maten. Doe eens voor?'

Muis keek even naar de muziek en schudde haar hoofd. 'Dat is te moeilijk voor mij. Ik... ik heb geloof ik al een tijd geen piano meer gespeeld.'

'Maar gisteren bij de lift hoorde ik je de muziek fluiten!' Haar vingers trommelden ongeduldig op de bovenkant van de piano.

'Dat kwam omdat ik de melodie herkende.' Muis aarzelde. 'Ik denk dat ik hem ergens heb gehoord.'

'Wat moet jij dan met die boeken?' De donkere ogen van het meisje stonden bijna verwijtend.

'Ik weet ook niet waarom ze in mijn tas zaten.' Muis keek opzij. 'Ik kan helemaal niet zo goed pianospelen. Lang niet zo goed als jij.'

'Vind je?' De ogen van het meisje begonnen te stralen. 'Dankzij jouw boeken gaat het steeds beter. Daarvoor kwam ik nooit verder dan dit ene lied.' Ze legde even een hand op haar tas. 'In dit hele rothotel was geen snipper muziek te vinden.' Koortsachtig bladerde ze door het boek heen en weer en zette haar handen op de toetsen. De eerste maten gingen goed, maar daarna begonnen haar vingers te struikelen. Na een tijdje proberen sloeg ze ongeduldig met twee vlakke handen op de toetsen.

'Speel nog eens?' vroeg Muis.

Het meisje begon opnieuw, en waar ze niet verder kwam, neuriede Muis een stukje. Met haar ogen op de noten gericht speelde het meisje na wat Muis zong. Nu klonk het beter. Hoe meer het meisje speelde, hoe meer Muis zich begon te herinneren. Nu eens zong ze mee met de piano, en dan weer speelde de piano mee met haar. Langzaam maar zeker begon de melodie vorm te krijgen. Het duurde niet lang of het meisje kon het prima alleen af. Onvermoeibaar schoten haar vingers heen en weer over de toetsen.

Beneden sloeg de motor weer aan. Muis liep naar het raam en keek hoe de bus voor het hotel langzaam een rondje reed. Zonder knallen!

Ze glimlachte. De bus toeterde, de motor loeide, en in een wolk van stof schoot hij weg. Hij was al lang achter de horizon verdwenen toen de piano eindelijk zweeg.

'Dat was mooi.' Muis draaide zich om. Het meisje legde haar handen in haar schoot en staarde er even naar, alsof ze probeerde te begrijpen hoe ze dat hadden gedaan. Opeens kwam ze overeind, rende door de kamer en liet zich op de matras vallen.

'Als ik al deze stukken ken... dan ga ik de wereld in!' Ze trok een paar muziekboeken naar zich toe en aaide erover. 'Ik wil overal naartoe. Het liefst met andere muzikanten. Naar alle plaatsen in de wereld waar een piano staat...' Ze spreidde haar armen, met in elke hand een boek, en zuchtte alsof ze amper nog kon wachten.

Muis ging naast haar zitten.

'Waarom ben je eigenlijk steeds zo boos?' vroeg ze opeens.

Het meisje haalde haar schouders op en tuurde ongemakkelijk naar haar voeten.

'Ik word er zelf ook doodmoe van.' Ze keek even opzij. 'Ik neem me elke keer voor om het niet te doen, maar voor ik het weet ben ik opeens woedend, en dan is het alweer te laat...' Hulpeloos haalde ze haar schouders op.

Muis knikte begrijpend. Zij kon soms ook opeens vreselijk boos worden. Alleen duurde het bij haar nooit zo lang.

'Misschien...' Het meisje aarzelde. 'Stel dat die vos gelijk heeft. Over dat alles stil is blijven staan. Misschien blijf ik dáárom steeds zo boos.'

Ze keken elkaar aan en schoten precies tegelijk in de lach.

'Nu lijk je anders helemaal niet boos meer,' zei Muis.

'Zie je wel?' Het meisje grijnsde. 'Nu de tijd weer loopt, is het over.'

Muis lachte mee. Ze begon het meisje steeds aardiger te vinden.

'Misschien kan ik voor jou ook wel een naam bedenken,' zei ze opeens.

Het meisje keek haar even verrast aan, maar schudde toen haar hoofd.

'Ik wil geen naam die zomaar is bedacht.' Ze stond op en liep naar de piano. 'Als het niet mijn eigen naam is... dan maar liever niet.' Ze begon zacht het trappenloperslied te tokkelen. Het papier had ze voor zich op de standaard gezet, maar ze keek er niet één keer op.

Als ze al een naam hééft, dacht Muis, dan moet die toch te vinden zijn? Als me dat eens zou lukken... In gedachten verzonken liep ze naar het raam. In de verte zag ze de bus in een enorme stofwolk snel dichterbij komen. Blij dat ik er niet in zit, dacht ze opgelucht, toen ze zag hoe wild hij slingerde.

'Waarom ga je straks niet mee naar beneden?' Muis slenterde naar de piano. 'De dieren zijn heel anders dan jij denkt. Ze zijn juist aardig.'

Het meisje speelde stug door en zei niets.

'Fermer kan heerlijke dingen maken. En Dantzig heeft de bus gerepareerd!' Muis ging naast haar zitten. Ze hoorde de motor beneden afslaan. Een portier klapte. Iemand riep iets.

Het meisje speelde maar verder, en als ze bij het einde was, begon ze weer bij het begin. Muis probeerde de noten op het papier te volgen, maar ze raakte telkens de draad kwijt. Het duurde even voor het tot haar doordrong dat er door de balkondeuren geluid naar binnen kwam. Was dat... muziek? Ze keek naar het meisje. Hoorde zij het ook?

Een halve tel hield het meisje haar hand stil. Toen speelde ze weer door. Haar wangen kleurden langzaam rood. De muziek die van buiten kwam klonk anders, maar hij paste zo goed bij de melodie die ze speelde dat hij er wel bij moest horen.

Muis rende naar het balkon en leunde over het hek. Onder het raam stonden twee mannen. Ze droegen lange jassen en hadden allebei een hoed op. Ze stonden naast elkaar, hun gezichten naar het gebouw, allebei een koffer open naast hun voeten. De een blies op een klarinet. De zilveren kleppen schitterden in de zon. De man naast hem klemde een viool onder zijn kin. Om beurten vielen ze in. Moeiteloos vlochten de tonen zich door die van de piano. Muis hield haar adem in. Zó hoorde het te klinken!

Ze zag Fermer uit het wachtlokaal komen, en vlak daarna Dantzig. Met open monden staarden ze van de muzikanten naar boven, en weer terug.

Toen de muziek stopte, kwam het meisje naast haar staan. Samen keken ze naar beneden. De reizigers lieten hun instrumenten zakken. Ze keken omhoog, namen allebei hun hoed af en maakten precies tegelijk een buiging.

'Wie zijn dát?' Het meisje porde met een spitse elleboog in haar zij.

'Nieuwe gasten!' zei Muis. 'Ik dacht vanmorgen al dat ik ze hoorde, op de vlakte verderop. Dantzig is ze natuurlijk tegengekomen.'

'Zie je wel.' Het meisje keek haar van opzij aan. 'Alles verandert sinds jij hier bent.' Ze draaide zich om en rende de gang op. 'Ik eerst!' riep ze. Muis hoorde hoe de lift zich even later zoemend in beweging zette. Terwijl ze wachtte tot hij terug zou komen, leunde ze op de rand van het balkon en keek op haar gemak naar beneden. Langzaam, een voor een, druppelden er steeds meer reizigers uit de bus. Sommigen hielden zich vast aan elkaar, anderen leunden bleekjes tegen de bus. Muis grinnikte. Ze wist precies hoe ze zich voelden. Misschien moest ze Dantzig uitleggen dat hij beter wat rustiger kon rijden.

Ze keek toe hoe Fermer de reizigers meetroonde in de richting van het wachtlokaal. De een na de ander verdween onder de luifel. Dantzig was bezig koffers uit het bagageruim te slepen. Muis vroeg zich geamuseerd af of het hotel wel groot genoeg was voor zoveel gasten.

Met een tevreden gevoel liet ze haar blik over de drukte daar ver onder zich glijden, net zo lang tot ze de lift hoorde terugkomen. Terwijl ze in het donker naar beneden zoefde, kwam het opgewekte stemgeluid van het meisje haar al van verre tegemoet.

Op handen en voeten kruip ik door de gang, tot ik eindelijk alle boeken weer heb verzameld. Ik maak er weer een keurige stapel van op het tafeltje. Opgelucht pak ik mijn tas en duw de tussendeur open. Er vlak achter ligt nog één boek, dat onder de deur is doorgeschoven.

Terwijl ik het opraap, zie ik iets tussen de bladen uitsteken. Ik trek eraan. Opeens houd ik een lichtblauwe envelop in mijn hand. AIRMAIL, staat er met grote letters op gedrukt. Een luchtpostbrief. Mijn blik glijdt van de drukletters naar het adres.

Mijn handen beginnen zo te trillen dat het niet lukt om alles te lezen. Maar dat maakt niet uit, want ik heb allang mijn eigen naam herkend, en het handschrift waarmee die is opgeschreven. Dat handschrift herken ik uit duizenden.

'Moet ik dáár in?' Met grote ogen, zijn vioolkoffer tegen zijn borst geklemd, keek de muzikant toe hoe Muis zich in de keuken met moeite uit de lift naar buiten werkte.

'Dat lukt nooit. Daar pas ik met geen mogelijkheid in.' Bezorgd tuurde hij in het benauwde hokje. Hij was een stuk langer dan Muis, en voor haar was het al krap. 'En trouwens, de andere muzikanten ook niet. Weet je zeker dat er geen trap naartoe gaat?'

Het meisje knikte. 'Als jullie niet naar boven kunnen, hoe moeten we dan spelen?' vroeg ze teleurgesteld.

De muzikant tilde zijn hoed op en krabde op zijn hoofd. Met grote passen liep hij door het wachtlokaal naar buiten, met het meisje op zijn hielen. Muis moest haar best doen om ze bij te houden.

Bij de deur kwam het geroezemoes van stemmen hen al tegemoet. Reizigers riepen aanwijzingen naar elkaar en sleepten met koffers. Midden in de drukte knielde een van hen in het zand en opende een koffer. Even later klonk het geluid van een accordeon. Iemand zong er iets onverstaanbaars bij, een paar anderen lachten hard. Onder de luifel was Fermer bezig van een aantal kleine tafeltjes één lange te maken.

'Muis!' Dantzig duwde een koffer voor zich uit die groter was dan hijzelf. 'Je had het goed gehoord vanmorgen!' Hij kwam overeind en wees over zijn schouder. 'Ze sjokten met z'n allen door het zand rond alsof ze al dagen —'

Plotseling kreeg hij het meisje in de gaten. Hij keek van haar naar Muis. Nog voor ze iets kon zeggen was hij al in een boogje om hen heen gelopen naar het wachtlokaal. Vanachter de deurpost volgde hij de bewegingen van het meisje achterdochtig met zijn ogen.

Het meisje lette niet op hem. Ze haastte zich dwars door de drukte naar de violist, die midden voor het gebouw was blijven staan en nadenkend langs de voorgevel naar boven staarde. Muis aarzelde. Ze keek nog een keer om naar Dantzig en liep toen achter het meisje aan.

'We doen het anders.' Resoluut zette de violist zijn koffer neer. 'Als wij niet naar boven kunnen, moet die piano naar beneden.' Met zijn twee handen maakte hij een gebaar alsof hij iets van een hoge plank tilde en het naast zich in het zand zette. Hij had grote handen, die zo te zien van aanpakken wisten.

'Dat ding is loodzwaar.' Fermer kwam erbij staan. 'Hoe wil je hem beneden krijgen?'

'We kunnen hem takelen,' riep Muis opeens, 'dat heb ik al eens eerder meegemaakt! Dat was met een touw. En dan moet er ergens helemaal boven een haak zitten.'

De violist duwde zijn hoed een stukje naar achteren en tuurde omhoog. 'Je hebt gelijk. Volgens mij zit daar een hijsbalk. Een touw dus....' Hij zette zijn handen in zijn zij en keerde zich naar Dantzig, die tegen de deurpost leunde. 'Heb jij niet zoiets?'

Dantzig haalde verongelijkt zijn schouders op en keek donker voor zich uit.

'Misschien ligt er iets in de werkplaats!' Het meisje sprong heen en weer voor de violist.

'Ah. Wat een éér. Ze wil met ons práten!' Dantzig maakte een overdreven buiging in haar richting. 'We mogen wel oppassen. Want voor je het weet gedragen we ons, kom, hoe heet het ook weer...' Hij deed of hij nadacht, zijn rode ogen strak op het meisje gericht.

Muis hield haar adem in.

'O ja!' Zijn stem sloeg over. 'Kín. der. ach. tig.' Hij sprak het uit alsof het vier aparte woorden waren. Muis keek bezorgd van hem naar het meisje, dat haar mond al opendeed.

'Wacht!' riep ze, voor het meisje iets kon zeggen. 'Er was ook een vrachtwagen bij, met een soort kraan. Kunnen we in plaats daarvan jouw bus niet gebruiken?' Ze rende naar Dantzig, pakte hem bij zijn arm en keek naar de bus. Iedereen keek mee, behalve Dantzig, die nog steeds naar het meisje staarde.

De violist keek van Dantzig naar het meisje, en daarna met opgetrokken wenkbrauwen naar Fermer, die zuchtend zijn schouders ophaalde en met zijn ogen rolde.

'Die bus van jou...' Met de handen in de zakken van zijn jas slenterde de violist naar Dantzig. 'Is dat er een uit '52?'

Dantzig knikte, zonder zijn blik los te maken van het meisje.

De violist floot tussen zijn tanden. 'Die zijn zeldzaam tegenwoordig. Een hele prestatie, dat je hem aan de praat weet te houden.'

Een paar andere muzikanten mompelden bewonderend. Dantzig moest zijn best doen om nors te blijven kijken.

'Het vermogen van zijn motor, daar sla je steil van achterover...' De violist gebaarde eerbiedig in de richting van de bus. 'Even een pianotje naar beneden takelen bijvoorbeeld zou bijna een lachertje zijn voor zo'n prachtexemplaar. Maar ja –' Hij sloeg zijn handen in elkaar. 'Voor zulke akkefietjes is hij natuurlijk niet bedoeld.' Hij keek begrijpend van de bus naar Dantzig.

'Nou ja...' Dantzig keek gevleid. 'Dat is wel zo. Aan de ene kant.' Hij veegde weifelend langs zijn snor. 'Aan de andere kant... er zít natuurlijk een goede trekhaak aan.' Zijn ogen schoten van de violist naar de bus en weer terug. 'En het zou misschien zonde zijn om hem niet –'

'Wat een geweldig idee! Als we die bus kunnen gebruiken, wordt het een klusje van niks!' De violist klapte hem joviaal op de schouder. Dantzig keek verward om zich heen, alsof het hem allemaal een tikje te snel ging.

'Mooi! Bij de achterdeur ligt een prima touw.' Fermer wenkte het meisje. 'Jij en ik gaan naar boven om de piano goed vast te maken.' Hij verdween om de hoek, met het meisje vlak achter zich aan.

Nog voor Muis en de muzikanten alle koffers opzij hadden geschoven, reed Dantzig de bus al voor. Fermer verscheen even later boven in het raam en gooide het touw over de hijsbalk. De violist ving het uiteinde op en had het amper aan de trekhaak gebonden, of de motor gromde en de bus schoot vooruit. 'STOP!' brulde de violist. Hij tilde zijn hoed op en wiste zijn voorhoofd af. Piepend kwam de bus net op tijd tot stilstand. Het touw stond helemaal strak.

Steeds meer muzikanten verzamelden zich rond de bus. 'Achteruit!' riep iemand. 'Welnee man, hij moet eerst een stuk naar voren!'

Dantzig wuifde onbezorgd alle aanwijzingen opzij. Met een pruttelende motor reed de bus stapvoets verder. Centimeter voor centimeter werd de piano opgetild, tot hij op de rand van het balkon balanceerde. Fermer gaf hem een voorzichtig duwtje, en opeens bungelde hij in de lucht, glanzend in het zonlicht. Hij hing gevaarlijk scheef.

De motor brulde, en de bus begon stukje voor stukje terug te rijden. Langzaam zakte de piano. Hoe lager hij kwam, hoe erger hij heen en weer begon te slingeren, tot hij ter hoogte van de tweede verdieping met een doffe plof tegen de muur stootte. Iedereen hield geschrokken de adem in, maar behalve dat de piano door de klap in één keer stil hing, gebeurde er niets.

Zacht grommend kroop de bus weer verder, en de piano gleed stukje bij beetje langs de muur, tot hij zacht kreunend in het zand neerkwam, recht voor de haldeuren. De motor sloeg af. In de plotselinge stilte staarde iedereen zwijgend naar de piano.

'We zetten hem in de hal.' Fermer stak zijn hoofd tussen de deuren door naar buiten en duwde ze wijd open. 'Daar is de meeste ruimte, en het staat wel voornaam.'

Met een groepje muzikanten duwden ze de piano door het zand naar de deur. Hij kraakte bij elke beweging, maar toen hij eenmaal de drempel over was, rolde hij op zijn wieltjes soepel verder, tot aan de rand van het mozaïek.

'Hier staat hij precies goed!' Het meisje keek enthousiast van de een naar de ander en toen naar Dantzig, die net de hal binnenkwam. Voordat hij wist wat er gebeurde, rende ze op hem af en viel hem om de hals. Hij probeerde zich geschrokken los te wurmen, maar ze hield hem stevig beet en zoende hem op allebei zijn wangen. Iedereen stond er zachtjes bij te lachen. Muis grinnikte mee.

'Ik heb het druk,' mopperde Dantzig toen het meisje hem eindelijk losliet. Hij streek zijn snor glad alsof er niets gebeurd was, maar zijn ogen glommen. Muis dacht dat ze hem onder zijn witte vacht kon zien blozen. Het meisje deed de klep van de piano open en sloeg voorzichtig een paar noten aan.

'Dat klinkt helemaal niet slecht,' zei een muzikant die probeerde binnen te komen met een koffer in de vorm van een reusachtige viool. Dantzig hield de deur voor hem open en schoot langs hem heen naar buiten.

Steeds meer muzikanten kwamen de hal in en begonnen hun koffers open te maken. Om niemand voor de voeten te lopen ging Muis op de onderste traptrede zitten toekijken. Het meisje liep op haar gemak tussen iedereen door en bekeek nieuwsgierig alle instrumenten die tevoorschijn kwamen.

Fermer stak de hal over en zei iets tegen het meisje. Ze knikte, en riep iets terug dat Muis niet verstond. Je kan zien dat ze hier op haar plaats is, dacht Muis verbaasd; net als Fermer. Ze keek hoe hij met een geoefend gebaar een dienblad boven zijn hoofd tilde en handig tussen de muzikanten door liep. Dantzig kwam de hal weer in met een paar stukken gereedschap onder een poot geklemd. Hij lachte in het voorbijgaan naar Muis en glipte neuriënd de trap op. Het leek wel of iedereen hier plotseling iets te doen had. Iedereen behalve ik, dacht Muis. Ze stond op, stak de hal over en glipte de deur door.

Buiten was het benauwd. De lucht begon te betrekken. Ze slenterde een stukje in de richting van de heuvel. De klanken van de piano en andere instrumenten waaiden achter haar aan. Besluiteloos draaide ze zich om en stak haar handen in haar zakken. Pas nu haar vingers het papier voelden, dacht ze weer aan de envelop. Ze trok hem nieuwsgierig tevoorschijn.

De inkt was bijna helemaal uitgevlekt. Van de naam was alleen de allereerste letter nog zichtbaar. Dat was een M. Of een W? Het adres was zo goed als weggewassen.

—*ndseweg,* las ze met moeite. Ze herkende de brilletjes-g. Hetzelfde handschrift als in de brieven... nadenkend staarde ze naar de postzegel. *Poste Italiane,* stond er met zwarte letters over fel oranje bloemen gedrukt. Als de envelop ook van het meisje was, moest het dus háár naam zijn die erop stond. Ze hield hem nog dichter bij haar ogen. Een W of een M. Dat kon van alles zijn...

'Het ziet ernaar uit dat het gaat regenen.' Fermer was door de haldeuren naar buiten gekomen en stond opgetogen naar de lucht te kijken. 'Dan wordt het tijd om aan mijn tuin te beginnen!' Hij stapelde de lege glazen in elkaar en haastte zich naar het wachtlokaal. Het gerinkel van glas vermengde zich even later met flarden muziek uit de hal.

Spijtig stopte Muis de envelop weg. Ik heb in elk geval wel iets anders dat ik haar kan geven, dacht ze, terwijl ze de deur van de hal openduwde.

'Muis!' Het meisje kwam haar stralend tegemoet. 'De muzikanten zeggen dat ik met ze mee mag, als ze verder trekken! Dantzig heeft al beloofd dat hij ons dan wegbrengt.' Ze legde vertrouwelijk een hand op de arm van Muis en fluisterde: 'Wist je dat hij eigenlijk hartstikke aardig is?'

Muis grinnikte.

'En tussen de reizen door komen we hier dan weer terug,' ratelde het meisje. 'Maar Fermer heeft gevraagd of we eerst nog een poosje blijven. Hij zegt dat we goed zijn voor zijn klandizie.' Ze kon haar trots niet verbergen. 'Hij hoopt dat er gasten op onze muziek afkomen.'

'Ik heb iets voor je,' zei Muis. 'Iets wat ik heb gevonden.' Ze liep naar de trap en wenkte. Het meisje deed een stap achter haar aan en bleef toen staan. Besluiteloos keek ze om naar de muzikanten.

Muis schoot in de lach. 'Wacht jij maar hier. Ik ben zo terug,' zei ze, en rende de trap op. Op haar kamer pakte ze de tas uit de kast. Met zulke mooie brieven moet ze wel blij zijn, dacht Muis. Ze streek met een hand over de tas. Ze had zin om er nog even in te kijken... maar ze schudde haar hoofd. Ze had al lang genoeg gewacht.

Ze hing de tas over haar schouder en duwde de kastdeur dicht. Er dwarrelde een verdwaalde snipper op de vloer. Ze raapte hem op en haastte zich naar buiten.

'Laat eens een A horen op die piano van je!' hoorde ze vanuit de hal. Halverwege de trap bleef ze staan.

Midden in de drukte beneden haar zat het meisje achter de piano en sloeg één toets aan, telkens opnieuw, steeds dezelfde toon. De muzikanten speelden hem na, stelden hier en daar iets bij aan hun instrument, en speelden dezelfde toon opnieuw. Uit ieder instrument klonk hij anders. Al die klanken riepen onrustig door elkaar, alsof ze popelden om te beginnen.

Muis deed haar ogen dicht om beter te luisteren. Haar vingers speelden met de snipper in haar hand. De klanken begonnen steeds beter bij elkaar te passen, tot ze na een tijdje niet meer kon horen welk instrument precies wat speelde. Eén klank zweefde door de hal omhoog. Een klank die er eerst niet was. Het klonk alsof... alsof er van alles kon gaan gebeuren, dacht ze plotseling vrolijk. Ze deed haar ogen open en keek naar de snipper.

an geven!
net zo'n heethoofd als ik
e toch geen Zwaan

Zwaan... dat woord bleef haken in haar hoofd. Haar blik ging van het gelige papiertje naar de witte vogel in het mozaïek beneden. Een zwaan is een vogel, dacht ze. Maar met een hoofdletter geschreven wordt het een naam, net als bij Muis. Ze staarde naar het meisje.

Ik heb nog een mooie naam op de plank liggen, schoot er opeens door haar hoofd. *Echt iets voor een meisje als jij.*

Muis rende de trap af, de gang door, tot bij de piano. Ze ging vlak achter het meisje staan en boog zich naar voren.

'Zwaan?' fluisterde ze.

Het meisje verstijfde. Langzaam draaide ze zich om.

'Dat is mijn naam...' zei ze zacht. Haar donkere ogen waren één groot vraagteken. Ze keken in die van Muis. 'Hoe heb je die gevonden?'

Muis grijnsde triomfantelijk en deed haar mond al open om over de snipper te vertellen. Ze wist precies waar hij aan zou passen: aan het vergeelde stuk papier. Wat had daar ook weer op gestaan?

Plotseling deed ze haar mond weer dicht. Iets hield haar tegen.

'Hoe wíst je dat nou?' drong Zwaan aan.

Muis gaf geen antwoord. Ze staarde verward naar de houten puzzel onder haar voeten. Er was iets dat niet klopte.

'Er is niemand zo goed met namen als Muis,' zei Fermer trots. Hij liep achter hen langs en pakte in het voorbijgaan een dienblad mee. 'Die van mij heeft ze ook gevonden,' riep hij bij de deur van het wachtlokaal over zijn schouder.

'Ik begrijp er nog steeds helemaal niks van...' Zwaan haalde haar schouders op. 'Maar dat kan me niet schelen! Het belangrijkste is dat het klopt!' Ze keek Muis aan en sloeg twee armen om haar nek. Muis deed haar ogen dicht en glimlachte.

'Komt er nog wat van?' De violist tikte met zijn strijkstok tegen de piano en begon te spelen. Zwaan liet Muis los. Ze keek haar stralend aan, klapte een paar keer in haar handen en draaide zich naar de piano, met haar aandacht alweer bij de muziek.

Met een hoofd vol halve gedachten maakte Muis zich uit de voeten. Ze moest naar buiten. Hier kon ze niet nadenken.

Bij de deur bleef ze even staan en keek nog een keer om naar Zwaan, die haar handen optilde en net op dat moment inviel. Moeiteloos speelde ze met de muzikanten mee. Alsof ze nooit anders had gedaan.

Hier binnen krijg ik geen adem. Ik prop het boek met brief en al in mijn tas en zwaai de voordeur open.

Is het warm buiten? Ik kan maar niet ophouden met rillen. Ik trek de deur achter me dicht, draai de sleutel om, laat hem in mijn broekzak glijden. Zonder na te denken begin ik te lopen, zomaar, kriskras door de straten. Mijn gedachten kronkelen net zo als de weg die mijn voeten lopen. Een brief van Wiek aan mij... Een brief die ik nooit heb gekregen. Waarom niet? En hoe komt die in het huis van Malakoff terecht?

De woorden van Malakoff schieten door mijn hoofd. *Elke keer als ik door de gang loop, moet ik even aan hem denken...* Nu begrijp ik wat hij daarmee bedoelde. De muziekboeken op het tafeltje in de gang waren de boeken van Wiek. *Ik heb er nog niet één keer in gekeken...*

Opeens beginnen de stukjes op hun plaats te vallen.

Ik heb de brief van Wiek niet gekregen, omdat hij hem niet meer heeft kunnen posten.

Ik krijg een raar licht gevoel in mijn hoofd. Bij een zebra leun ik tegen het stoplicht en kijk hoe aan de overkant het licht op groen springt, en op rood, en weer op groen.

Malakoff heeft de spullen van Wiek opgehaald. De brief moet bij het opruimen tussen de boeken zijn geraakt. En omdat Malakoff er nooit in heeft gekeken, heeft hij die brief gewoon niet gezien.

Ik bots tegen iemand op. Of eigenlijk tegen zijn koffer. Ik sta midden op het busstation. De man draait zich naar me om en vraagt iets wat ik niet versta. Ik doe mijn mond open, maar in plaats van iets te zeggen, sta ik alleen maar te klappertanden.

De tafel onder de luifel was verlaten. Een eind verderop had Fermer een stuk grond afgezet met vier palen, en was met een paar muzikanten bezig de aarde om te spitten.

Muis ging aan de hoek van de tafel zitten, zo ver mogelijk bij de hal vandaan. Ze zette de tas op haar knieën en rommelde er net zo lang in tot ze vond wat ze zocht. Het gelige papier waar een hoekje aan ontbrak. Ze legde het voor zich op tafel.

De snipper paste precies.

> *an geven!*
> *net zo'n heethoofd als ik*
> *vroeger. Achteraf maar beter dat we je toch geen Zwaan*
> *hebben genoemd! Eén tik van een zwanenvlerk kan iemands*
> *been breken. Met zo'n boze uithaal kun je iemand meer pijn*

Dát was wat er niet klopte. Muis staarde naar de letters tot haar ogen gingen tranen. Als het meisje Zwaan heette, waren deze brieven *niet* aan haar geschreven. Ze waren voor iemand die *geen* Zwaan heette. Iemand met een andere naam...

Muis keek op.

Een naam die begon met een W of een M. Dat kon van alles zijn...

Het geprat en gelach van Fermer en de muzikanten kwam in vlagen op haar af. In de hal werd een nieuw stuk ingezet.

Het papiertje waaide op de grond. Ze bukte zich om het op te rapen.

'Moet jij niet meedoen?'

Muis schoot betrapt overeind. Een muzikant stond aan de andere kant van de tafel en keek haar vriendelijk aan. Ze had hem helemaal niet horen aankomen.

'Meedoen?' Ze moffelde het stuk papier in haar tas. 'Met wat?'

Hij gebaarde met zijn klarinet in de richting van de hal. In zijn andere hand droeg hij een koffertje.

'Met de muziek.' Hij ging op de stoel tegenover haar zitten met het koffertje op zijn knieën, en begon zijn instrument uit elkaar te halen.

'Muziek maken is meer iets voor Zwaan,' zei Muis. 'Ik speel eigenlijk geen piano meer. Vroeger wel, toen ik nog... toen ik zo oud was als zij.'

Verbaasd luisterde ze naar haar eigen woorden. *Ik blijf gewoon zo oud als ik nu ben*, schoot er opeens door haar hoofd. *Tien vind ik een mooi getal.*

Ze staarde afwezig naar de onderdelen van de klarinet, die in een rijtje tussen hen in op tafel lagen. Een, twee, drie, vier, vijf stukken.

'Muis is beter met woorden,' zei Fermer. Hij liep achter hen langs naar de werkplaats en kwam een paar tellen later weer naar buiten met een enorme hark.

'Wóórden hè?' De muzikant keek haar peinzend aan. Hij pakte een van de onderdelen, ademde op de zilveren kleppen en begon ze met een doekje op te wrijven.

Muis knikte. Opeens trok ze de blauwe envelop uit haar zak en schoof hem over de tafel naar de muzikant.

'Kan jij zien wat hier staat?' Ze wees op de eerste letter.

De muzikant boog zich naar voren en fronste.

'Een W zou ik zeggen... of een M misschien. De rest kan ik niet lezen. Wel toevallig anders.' Hij wees met het stuk van zijn instrument naar de bus. 'Vanmiddag zag ik daar iets —' Zijn arm bleef halverwege in de lucht hangen. Vanuit de verte klonk een luide schreeuw.

'Kan er iemand HELPEN?!'

De muzikant stond op, liep onder de luifel uit en keek om zich heen. Links, rechts.

'BOOOVEN JE!'

De muzikant boog zijn hoofd achterover en trok geamuseerd zijn wenkbrauwen op. Fermer kwam teruggelopen. 'Wat doe *jij* daar nou?' riep hij bezorgd. Muis kwam nieuwsgierig dichterbij. Hoog boven hen in de dakgoot stond Dantzig. Hij hield zich vast aan de T. De letter was minstens twee keer zo groot als hij. Hij leunde gevaarlijk ver voorover en zwaaide met een tang.

'Kan iemand even het licht aandoen?' Hij wees met de tang naar de letters links en rechts van hem.

Fermer legde de hark neer en liep hoofdschuddend in de richting van de werkplaats. De muzikant staarde nog steeds naar boven en begon afwezig het zilver van de kleppen langs de voorkant van zijn jas te halen. Heen en weer, heen en weer.

'Zie je nou dat ik geen hoogtevrees heb?!' Dantzig maakte een paar danspassen, van de T naar de E en weer terug. Zijn silhouet stak af tegen de donkere lucht. Plotseling begon het licht te flikkeren. De H, de E, de L... en iets later de O, en de T. Muis kon de buizen horen zoemen.

HOTEL, stond er. De letters knipten rustig aan. En uit. En aan.

'Nu houdt niets ze meer tegen!' De triomfantelijke kreten van Dantzig vulden de lucht. 'De gasten, bedoel ik!' Hij zwaaide nog een keer naar beneden, sprong door het gat in de O naar achteren, en was verdwenen.

'Nog iemand die goed is met woorden.' De muzikant keek lachend van de letters op het dak naar Muis.

'Wat ik zeggen wou... die envelop van jou doet me ergens aan denken.' Hij gebaarde dat ze moest wachten, liep met grote passen naar de bus en sprong naar binnen. Muis ging op de rand van de tafel zitten en volgde hem nieuwsgierig met haar ogen. Hij liep een tijdje zoekend door het gangpad en bukte zich plotseling. Toen hij weer overeind kwam, hield hij iets in de lucht.

'Dit zag ik vanmiddag onder het rijden op de vloer liggen.' Hij kwam naar buiten en zwaaide met een stuk papier. 'Het was wel tien keer dubbel gevouwen. Het leek mij eerlijk gezegd oude rommel, tot ik die envelop van jou zag.' Hij stak zijn hand uit en hield het haar voor.

'Ik weet niet of het nog te lezen is. Het is nogal gehavend. En dan die kleine lettertjes...' Hij haalde zijn schouders op. 'Misschien weet jij wat je ermee moet.'

Het papier was lichtblauw. Net zo blauw als de envelop.

Muis pakte het voorzichtig aan en staarde naar de wriemelletters. Naar de brilletjes-g. Ze kreeg bijna geen adem. Opeens wist ze weer wie zo'n idiote g schreef. Ze drukte het papier met een hand tegen haar borst. Haar ogen zochten om zich heen naar een rustige plek.

'Het weer gaat omslaan.' Fermer raapte de hark op en wees omhoog. 'Misschien moeten we de luifel naar beneden halen, voordat –' Hij keek Muis oplettend aan.

De bus, dacht ze. Daar is het rustig. Ze stond op en deed een paar stappen vooruit. Vanuit de hal hoorde ze iemand lachen. Zwaan...

Muis bleef staan. Ze keek aarzelend om naar de deur.

'Jij kijkt alsof je precies hebt gevonden wat je zocht.' Fermer zette zijn hark tegen de muur en knikte haar toe, alsof hij antwoord gaf op een vraag die ze niet had gesteld. Niet hardop.

Ze keerde zich weer naar de bus.

'Vergeet je tas niet.' Fermer hield hem omhoog. Alsof ze slaapwandelde pakte Muis hem aan. Fermer grijnsde nog een keer zijn grijns. Toen draaide hij zich om, wees op de luifel en zei iets tegen de muzikant.

Vlagen muziek kwamen vanuit de hal naar buiten gewaaid. Muis luisterde hoe de stem van Zwaan zich door de melodie heen slingerde.

Er viel een druppel op haar hand. De wind trok aan haar haar. Nog een druppel. Plotseling stond er kippenvel op haar armen. Een beetje wiebelig, het papier nog steeds tegen haar borst gedrukt, liep ze in de richting van de bus.

Het rillen houdt nog steeds niet op. Ik loop vlak langs de bussen die net zijn aangekomen. Ik kan de warmte van hun motor nog voelen. Aan alle kanten lopen mensen me voorbij, net als anders, alsof er niets aan de hand is. Ik zigzag tussen ze door naar mijn bankje en ga zitten, mijn rug tegen de houten keet. De drukte om me heen maakt me rustiger. Ik adem de geur van benzine in en leg de tas op mijn knieën, als een tafeltje.

Ik trek de envelop tevoorschijn en bekijk hem van dichtbij. De postzegel is niet afgestempeld. Dat klopt precies met wat ik heb bedacht. Wiek heeft de brief geschreven, er een postzegel opgedaan, en voor hij hem heeft kunnen posten…

In plaats van hem open te maken, zit ik maar wat naar die zegel te staren. Het is net of het oranje van de bloemen heeft afgegeven op mijn vingers.

Met de sleutel van Malakoff scheur ik de bovenkant open. Er zit een dun blauw luchtpostvelletje in, en een wit papier. Ik trek het witte vel eruit. Het is dicht beschreven in Wieks kriebelige handschrift. Mijn handen trillen zo dat het even duurt voor het me lukt om de eerste woorden te lezen.

Je kon de regen al ruiken.

Ik voel hoe er vanzelf een glimlach op mijn gezicht komt. Die zin herken ik onmiddellijk. Zo begon het verhaal van Wiek voor mij. Het verhaal dat ik zonder nadenken bij mijn boze brief aan hem had geprop. Wiek had het gewoon weer opnieuw naar mij teruggestuurd!

Nu weet ik zeker dat hij mijn brief heeft gekregen. Dan moet in de envelop zijn antwoord zitten. Het rillen wordt erger. Lees die brief dan, stommerd! Waar wacht je nog op?

Mijn vingers lijken wel verlamd. Als een blok hout zit ik maar op de envelop te staren. De wriemelletters springen heen en weer voor mijn ogen, alsof ze net zo zenuwachtig zijn als ik.

Twee vrouwen lopen druk pratend vlak langs me. Het getik van hun hakken slaat de maat bij de woorden die door mijn hoofd malen. *Als je niet op mijn verjaardag komt, ben je de* ROTSTE *vader die ik ken… Blijf dan maar lekker dáár!*

Zonder dat ik het wist heeft er al die tijd een antwoord op me liggen wachten. Vlakbij. En nu ik het heb gevonden, durf ik het niet te lezen. Nog niet. Ik ben bang voor alles wat er in die brief kan staan.

Ik pak de envelop en stop hem terug in de tas. Om tijd te winnen leg ik het witte papier op mijn knieën en buig me eroverheen.

Het wordt snel donkerder. Ik knijp mijn ogen tot spleetjes om de kriebelige letters te kunnen lezen. Een pluk haar waait in mijn gezicht. Ik duw hem ongeduldig achter mijn oor, maar hij wil niet blijven zitten. De stemmen van de reizigers verdwijnen in de verte, samen met hun haastige voetstappen. De ronkende motoren vallen stil. Het busstation verdwijnt. Ik vergeet alles om me heen. Mijn ogen beginnen te tranen van het ingespannen turen. Ik doe ze dicht en haal diep adem. Ik kan de regen al ruiken.

De geur van benzine maakte haar rustiger. Muis ging op de treeplank zitten, uit de wind. Met de tas als een tafeltje op haar knieën probeerde ze het blauwe velletje zo goed mogelijk glad te strijken. Het papier was zo te zien nat geweest en daarna bobbelig opgedroogd. Hier en daar waren de letters niet meer goed leesbaar.

Het werd snel donkerder om haar heen. Er viel nog een druppel. Muis keek in de richting van de heuvel, die verscheen en verdween in het roze knipperlicht.

Zo diep mogelijk ademde ze de frisse lucht in en boog zich over het papier.

Lieve Muis,

Ik ben blij met je brief, ook al sloeg de rook er nog af toen ik hem openmaakte.

Weet je hoe toevallig het was dat ik hem kreeg? Als we vanmorgen volgens plan waren vertrokken (de motor doet het!) had ik hem gemist. Maar er schijnt storm op komst te zijn, en daarom blijven we nog een dag in de haven. Nogal overdreven volgens mij. Van slecht weer heb ik tenminste nog niets gemerkt. Maar deze ene keer ben ik blij om de vertraging, want daardoor kon ik vandaag toch nog naar het postkantoor, waar je brief net was aangekomen.

Natuurlijk heb je groot gelijk dat je zo boos bent. Geen enkele reden is goed genoeg om niet bij jou te zijn op je verjaardag. Kon ik de tijd maar bij zijn lurven grijpen en terugdraaien. Dan reisde ik achterwaarts door de tijd naar je toe, en dan was ik voor de zeker-heid ruim voor je verjaardag bij je. Maar ik kan er niets meer aan veranderen.

Dat je boos bent op mij kan ik begrijpen. Maar waarom ben je zo boos op die dieren in het verhaal? Zó erg dat je niets meer van het verhaal wilt weten, en er niet eens aan verder wilt gaan? Als het aan jou ligt, kom ik er dus nooit achter hoe het verder gaat met ze, en vooral: met dat meisje. Dat is bijna niet te verdragen!

Heb je stiekem niet een beetje met haar te doen? Daar zit ze dan: in een verlaten hotel, ver van de bewoonde wereld, te wachten of er ooit nog iets gaat gebeuren. Wat moet er van haar worden? Niets! Helemaal niets kan er van haar worden! Ze zit gevangen, in een begin waar nooit een eind aan komt. Samen met de dieren, die voor de eeuwigheid een middagdutje doen aan de bar. Vergeten door de tijd. Zo'n meisje heeft natuurlijk allerlei plannen, maar op deze manier komt daar niets van terecht.

Dus als je het niet voor mij wilt doen (begrijpelijk) of voor de dieren (wat is er eigenlijk zo erg aan pratende dieren?), doe het dan voor haar! Besef je wel dat jij alleen haar kan redden uit haar nachtmerrie? Haar lot ligt in jouw handen. Het is jouw verhaal. Ik heb alleen een begin gemaakt.

Daarom stuur ik het mee terug. Doe ermee wat je wilt. Verander wat je niet bevalt. Scheur het in duizend stukjes en begin opnieuw. Of gooi het weg, desnoods. Wat het wordt moet je zelf beslissen. Dat kan ik niet voor je doen.

Lieve boze dochter van me, ik omhels je in gedachten. En stiekem, zonder dat jij het weet, hoop ik dat het verhaal toch ooit nog een vervolg krijgt.

Vanaf morgen wordt de afstand tussen mij en jullie elke dag kleiner, al gaat het langzaam. Ik stuur je twee hele dikke zoenen, voor op allebei je wangen één. Meer zou te zwaar worden voor een luchtpostbrief.

Wiek

P.S. Geef je moeder een stevige omhelzing van me zodra je bent afgekoeld. Dat is een bevel! Nee, nog steviger... zo ja! Dat moet voldoende zijn voor nu.

'Moet jij niet naar huis?'

Iemand legt een hand op mijn schouder. Ik kijk verstrooid op van de tas op mijn knieën. Er hoort een vriendelijk gezicht bij de stem. Het buigt zich over me heen en glimlacht. Regendruppels spatten van de klep van zijn pet. Achter hem staat een grote autobus te ronken en te trillen. Er verschijnen donkere stippen op de stoeptegels voor mijn voeten. De geur van benzine vermengt zich met de geur van natte stenen.

'Jij zat hier al toen ik vanmiddag aan mijn route begon. Dat is uren geleden.' Het vriendelijke gezicht kijkt me onderzoekend aan. Regendruppels tikken zachtjes op mijn blote benen. Mijn wangen zijn nat. Ik veeg er verbaasd over met mijn vrije hand. Is dat ook van de regen?

'Heb je geen jas bij je? Zo word je drijfnat.' Met de handen in de zakken van zijn uniformjasje kijkt hij naar de lucht.

'Ik hoef niet ver.' Ik vouw het blauwe papier zorgvuldig op en stop het in mijn tas. De regen valt steeds dichter. De stukjes lichtgrijs op de stoep worden snel kleiner.

'Wacht even!' De chauffeur loopt naar de bus. Hij slaat de treden over en springt in één keer naar binnen. De motor valt stil. Alleen het getik van de regen is nu nog te horen. Als hij weer naar buiten komt, heeft hij een paraplu bij zich.

'Het is al laat! Zijn ze bij jou thuis niet ongerust?' Hij komt naast me zitten en houdt de paraplu zo goed mogelijk boven ons allebei. Om ons heen regent het nu zo hard dat de poppetjes op straat dansen. De regen spat op tegen mijn blote enkels.

'Ik ben geloof ik de tijd vergeten. Dat heb ik altijd, als ik in een verhaal zit.' Ik leg mijn hand op mijn tas; op het papier dat ik er net in heb gestopt. Wat zit er eigenlijk nog meer in?

Pas nu denk ik aan Malakoff. De muziekboeken!

'Ik moet naar het ziekenhuis!' Geschrokken spring ik overeind. 'Ik ben toch niet te laat voor het bezoekuur?'

'Als je snel bent, kun je het nog halen.' De chauffeur staat op en kijkt op zijn horloge.

Ik hang de tas om mijn nek, het hengsel schuin over mijn borst. Voor een tas met muziekboeken voelt hij niet erg zwaar. Ik leg mijn hand erop. Het zíjn toch muziekboeken? Ik probeer het hengsel te verschuiven, zodat ik erin kan kijken.

'Gaat het wel?' De chauffeur houdt de paraplu wat hoger en kijkt me bezorgd aan. 'Wat sta je opeens te rillen!'

Ik doe mijn mond open, maar mijn tanden klapperen zo hard dat ik niet kan antwoorden.

'Weet je wat?' Hij tikt een paar keer op zijn horloge. 'Stap maar in. Het is bijna tijd om te vertrekken, en het ziekenhuis ligt op mijn route.'

In de bus is het warm. De regen roffelt op het dak. Ik ga op het puntje van de voorste bank zitten, naast de stoel van de chauffeur.

'Hou je vast!' roept hij. De motor begint weer te ronken, en dan zijn we al op weg. Hij zegt geloof ik nog iets, maar de woorden dringen niet tot me door. Met mijn tas tegen me aan geklemd staar ik naar de ruitenwissers, die steeds maar van links naar rechts schuiven. Telkens als ze halverwege zijn, piept er eentje. De bus schudt me zachtjes heen en weer. De chauffeur leunt naar voren en tuurt ingespannen op de weg. Hij begint een of ander liedje te fluiten.

'Waar wil je het liefste heen?' roept hij opeens. Hij maakt een weids armgebaar en kijkt even opzij. 'Nu de hele wereld voor je open ligt!'

Ik schiet in de lach. 'Eerst naar het ziekenhuis, en dan de wereld rond,' roep ik terug. Ik begin me al beter te voelen. De bus rijdt door een kuil; heel even zweef ik door de lucht. Ik schuif naar achteren in mijn stoel, tot ik de leuning in mijn rug voel. Ik ben dol op bussen, vooral als ze lekker hard gaan. Veel te snel zie ik de lichtgevende letters van het ziekenhuis opdoemen.

'Speciale halte voor noodgevallen!' roept de chauffeur. Hij stopt precies voor de ingang. De deur zwaait al open voor de bus helemaal stilstaat.

'Gaat het alweer?' Hij legt een arm over het stuur en draait zich naar me toe. Ik knik van ja en sta op, mijn tas stevig tegen me aan. 'Bedankt voor de lift.'

Hij steekt zijn ene hand op, alsof hij een stopteken maakt, en wappert me met de andere naar buiten. Ik spring de bus uit, over de plassen heen, de stoep op. De regen is bijna opgehouden.

De motor brult en de bus trekt op, dwars door een enorme plas, zodat het water opspat. Hij toetert. En nog een keer, extra lang. Een paar mensen bij de ingang kijken om.

Ik zwaai met twee armen, ook al denk ik niet dat de chauffeur me nog kan zien. Terwijl ik met mijn ogen de bus blijf volgen, loop ik langzaam achteruit naar de ingang. Met een zucht schuiven achter me de deuren open. Ik draai me om en loop de hal in. Opeens krijg ik haast om Malakoff te zien. Ik kan niet wachten om te vertellen wat ik heb gevonden.